單讀 One-way Street

CUNEI
F●RM
铸刻文化

王小波的遗产

THE LEGACY OF WANG XIAOBO

李静 著

上海文艺出版社
Shanghai Literature & Art Publishing House

《我害怕生活》总序

中年来临,做过一个梦:人头攒动一望无际的考场里,考官给每人发卷子,边发边说:"每个人的题都不一样哈,好好答,不许错,错一道就罚你!""罚"字刚落,就有滚雷的声音。我恐惧,开做第一题。总觉做不对,就重做,还觉不对,又重做,如是往复,永无休止——做不完的第一题。忽听考官说:"还有最后三分钟,抓紧时间哈!"往下一看,卷子无限长,不知还剩多少题没答。反正已经来不及,我就不再动笔,坐以待毙。铃声大作,卷子收走。惩罚的结局已经注定。滚雷的声音再度响起。脚下土地震颤,裂开口子,我坠落,向无底深渊坠落,挣扎,呼喊,却喊不出,也不能阻止这坠落,于是惊醒。仔细回味这梦，感到主题过于直露的尴尬。

此即这套集子的由来——来自我总也做不完的"第一题"。在契诃夫剧作《没有父亲的人》里，主人公普拉东诺夫对他的邻居们说："哈姆雷特害怕做梦，我害怕生活。"我呢，我因害怕生活而害怕做梦——害怕了大半生，直到只剩最后三分钟的时候，猛然惊醒。

因此，《我害怕生活》里的这五本小册实在是煎熬的碎屑与逃离的祈祷。之所以还敢示人，乃是由于作者被这一理由所说服：它们或可成为某种镜子与安慰——有一个人，在生活中经历了漫长的贫乏与胆怯，却在断断续续挣扎不休的写作里，看见了一丝亮光，保住了一点真心。至于这真心能否安慰你，我也说不准。我自己，倒是愿意听从古人，那人说："不可使慈爱、诚实离开你，要系在你颈项上，刻在你心版上。"（箴言3：3）

这些文体驳杂的字写于1995年到2022年。有的作品因为一些缘故没有收进来，但大部分也就在这里了。时间跨度如此之长，规模厚度却如此有限，这是我写作之初没有预料到的——我没有预料到，写作竟如此之难。但我也没预料到，写作竟如此意义重大——它是一条道路，借着一束光，将一个困在囚笼里的灵魂，引向自由与爱之地。诚然，写作本身并不是光。但写作只要是诚实不虚的，必会遇见光。光在人之外、人之上，是切切实实存在的。光引领我们实现生命的突破。

这五本小书，按照文体和内容辑成，分别说明如下：

《必须冒犯观众》是一本批评随笔集，收入了一些关于戏剧、影像、文学、泛文化现象的散碎议论和自己的创作谈。它曾于2014年出版，此次再版，篇目做了大幅调整和增删，并按论域重新编排。

《捕风记》是一本文艺专论集，收入了对若干位戏剧家、小说家和批评家的集中论述。它曾于2011年出版，此次再版，篇目亦做了较大调整，所论者是：契诃夫，彼得·汉德克，林兆华，过士行，朱西甯，木心，莫言，王小妮，止庵，林白，王安忆，贾平凹，林贤治，郭宏安。

《王小波的遗产》是关于作家王小波的回忆与评论文章的结集，断断续续写于1995至2022年。总成一书，表明一个受他深刻影响的写作者的记念。

《致你》是一本私人创作集，写于1996年到2021年。之所以用"私人"二字，是因为它们不成规模，自剖心迹，与其说是作品，不如说是一些写给知己的信，最能表明"业余写作"的性质。尤其诗歌，从未发表，完全是自我排遣的产物，以之示人，诚为冒险之举。写小说曾是我的人生理想，但至今畏手畏脚，留下一两个短篇在此，微微给自己提个醒儿。一些散文，是某种境况中的叹息；还有些散文，被写者已经作古，使我的心，如同一座墓园。《致你》是本书里写作最晚的文章，表明我如今的精神光景。近日搜百度，才知2016年已有一首同名流行歌。奈何我不能改。这里的"你"，来自马丁·布伯《我与你》之"你"，是永恒之"你"，充溢穹苍、超越万有之"你"。这是我写给"你"的信，此对话将一直延续在我未来的旅程中。

《戎夷之衣》是完成于2021年的话剧剧本，借《吕氏春秋》里的一个故事，叩问人心中的光与暗。戏剧创作是2009年以后我所致力的事。虽收获不多，至今完成的只有《大先生》《秦国喜剧》《精卫填海》《戎夷之衣》四部剧，且每一部的构思都极缓慢，上演亦很艰难，但写作过程却极喜乐——那种负重而舞的喜乐，是其他体裁的写作所无法给予的。何故？因戏剧是一种最有攻击性也最能凝聚爱的灵魂对话。这么说，不完全由于戏剧是对话体，更由于这种艺术天然地蕴含一种可能性，将一个时代最本质、最疼痛的问题，化作象征性形象之间直接的精神冲突，抛却末节而切中要害地，袭击并拥抱读者／观众的心。戏剧写作是我中年的礼物，使我得以"菜鸟"身份返归青春。这真是奇妙的事。

整理这套书稿，即是整理二十多年麦子与稗子拥挤共生的时光。由于自我的更新变化，从前的有些观点，如今亦已发生变化。但既然已经写下，已经发生，就仍抱着客观的态度，放在这里。

因此，这套小册绝非一个写作者的"成就"之总结，而仅仅是另一探索的萌芽与开始。此生或许只余剩"最后三分钟"，但仍可卸下惧怕，满怀盼望地写作，如此，才能彻底从噩梦中醒来，去就近光。

李静

2022年6月10日

目录

I 《我害怕生活》总序

001 海绵记
039 关于王小波的否定之否定
057 王小波与柯希莫男爵
069 王小波:智慧的诗学
073 反对哲人王
087 有关"王小波的科学精神"
091 王小波的遗产
097 怎样看待王小波的遗产?
101 "文坛中人"对王小波的一般看法
111 遥寄一位沉默的说话者
115 王小波与纪念日
123 "真理本身也许就很有趣"
129 王小波退稿记
141 从《红拂夜奔》到《秦国喜剧》

149 后记
151 《我害怕生活》总后记

海绵记
写在王小波诞辰70周年和忌辰25周年

001 义人死亡,

无人放在心上;

虔诚人被收去,

无人思念。

——《以赛亚书》57:1

人活在世界上就像一些海绵,生活在海底。海底还飘荡着各种各样的事件,遇上了就被吸附到海绵里,因此我会记得各种事情。

——王小波《我的阴阳两界》

我现在的记性很差,昨天的事可能今天就忘记了,但年轻时与我的心灵渴求相关的事,一些最微小的细节,我都还记得。

二十四岁时,我认识了作家王小波;二十六岁时,他倏尔辞世。我只是他众多相识者中的一个,但他对我的意义却迥然不同——这一点,他在世时我就知晓。但也只是知晓而已,我并未善用那段时光更深地理解他和他的作品——以为理解的时间多得是。

不久前读约翰·班扬的自传《罪魁蒙恩记》,对那朴素自由的文体颇为神往,就忍不住东施效颦,写出记忆的片段,以防遗忘侵蚀。

1. 从十三岁到二十六岁,我一直被无法克服的抑郁和孤僻所困扰。生日跟我同月同日的爱因斯坦说,他的童年和青年时代生活在孤独与煎熬之中,愈到中年,愈对生命甘之如饴。这段话安慰我活下来——起码争取熬到中年。青春不好过。我像个长期溺水的人,将阅读、寻师、恋爱、交友当作意义的救生圈。研究生二年级的一天,我在北师大图书馆里逡巡,拣起一本《东方》杂志,读目录,见一作者名叫"王小波",文章标题为"中国知识分子该不该放弃中古遗风",觉得有趣——这是北宋的绿林好汉带着中古的记忆,来打量当下的中国知识分子吗?就坐下读了起来。边读边觉得更有趣。那种假装懦弱其实坚定、假装愚傻其实智慧的幽默感与尊严感，我在中国作家的文字里从未见过。文章结尾，介绍了这位作者：王小波，自由撰稿人，美国匹兹堡大学东亚研究硕士，现居北京。这像一道闪电。我想，我要认识这个人，认识他，我就得救了。同时绝望地想到，这完全不可能。我的性格是那么内向封闭，连同班同学都不很认识，何况这遥远的星辰。

2. 但生存的欲望逼迫我不得不做本不敢做的事。1995年6月，研二快要结束，次年就要毕业，我必须有一个实习记录，就两眼一抹黑地闯进《中华读书报》，请求实习。主编收下了这个木讷的实习生，交给编辑派活。其时北京知识界正热火朝天地准备第四次世界妇女大会，编辑给我几本女性研究的书，说，你去采访一下作者们，写个综述吧。翻开其中的一本，是李银河的《生育与村落文化》，在该书序言的结尾，她感谢"我的丈夫王小波，他的统计学造诣帮助了我"（大意）。我的眼前再次划过闪电。电话李银河老师，约好去她家的采访时间，她正要挂断电话，我喊道："您等一下！""啊？还有事吗？"我听见自己声音颤抖："您序言里感谢您的先生王小波，他是……在《东方》杂志发表文章的王小波吗？""是呀，是他，你读过他的文章？"我强自镇静："我读过他在《东方》上的所有文章。""我会告诉小波的，他一定高兴。"放下电话,如在梦中,恐惧着即将来临的采访。

3. 约完采访,见《中华读书报》上发表了王小波的文章《迷信与邪门书》,才知这里也有编辑记者认识他。我默默听着他们的议论。那时三卷本的《柯云路生命科学文化》火爆异常,大众为"大气功师""人体特异功能"神魂颠倒,理工科出身的王小波甚感荒谬,遂应邀写作此文。"这种流行性的迷信之所以可怕,在于它会使群众变得不可理喻。这是中国文化传统里最深的隐患……作家应该有社会责任感,不可为一点稿酬,就来为祸人间。""为祸人间"四个字语气很重,但也有点《西游记》的味道。

4. 去采访之前,不知谁给了我一本1995年第3期《读书》,上有王小波的《花剌子模信使问题》。"据野史记载,中亚古国花剌子模有一古怪的风俗,凡是给君王带来好消息的信使,就会得到提升,给君王带来坏消息的人则被送去喂老虎……敏锐的读者马上就能发现,花剌子模的君王有一种近似天真的品性,以为奖励带来好消息的人,就能鼓励好消息的到来,处死带来坏消息的人,就能根绝坏消息。另外,假设我们生活在花剌子模,是一名敬业的信使,倘若有一天到了老虎笼子里,就可以反省到自己的不幸是因为传输了坏消息。""假设可以对花剌子模君王讲道理，就可以说，首先有了不幸的事实，然后才有不幸的信息，信使是信息的中介，尤其的无辜。假如要反对不幸，应该直接反对不幸的事实，此后才能减少不幸的信息。但是这个道理有一定的复杂性，不是君王所能理解。"文章有一种驱逐恐惧的人格力量。是什么在驱逐恐惧？求真之理性。恐惧什么？老虎笼子。它在说：一个事实，只要它存在，你就当承认而不是隐瞒——即使你被关进了老虎笼子；另外，即使你不能阻止君王将信使关进老虎笼子，起码你自己不要编织老虎笼子。在我惶恐幽闭的青春岁月，除了书本，还没有一个活人亲自对我这样说话，并以他的幽默宣示，他不会因威压而动摇自己的信念。啊，虽然我还没有见到这人，还没听见他这样说话，但我从文字中感到，他必是如此。啊，我就要验证这一切了，我感到日夜不安。

5. 1995年7月的一个星期天上午，我坐在北京西三环外岭南路一所民宅的厨房里，采访社会学家李银河。她的丈夫王小波正在书房里接待《人民日报》的记者。银河老师的内容已采完，那边还在继续。我也有一个题目采访王老师，但那更像个借口。我一边和银河老师聊王小波文章的读后感，一边等待。李老师开心地替丈夫接受了我的膜拜：哎呀，你可真有眼光，我发现好几个中文专业的人特欣赏我们小波的文章，是因为你们对语言更敏感吧？我说，主要是，一读王老师的文章就想笑，不只是觉得逗，还感觉这人很……勇敢。这时，走廊响起趿拉趿拉的脚步声，一个女孩背着包走出来，肯定是那位记者了，后面是一高大的男子，穿白汗衫，长及膝盖的灰色大短裤，拖鞋，彬彬有礼地送女孩走到门口，道了再见。"小波，你的热心读者来了！"银河老师招呼道。我强忍紧张，站起身来问候。他皮肤微黑，头发蓬乱，气质懒洋洋，目光里带着敏感而冷静的审视。"你好，"下唇厚，牙齿雪白，声音低沉节制，有一种朴素的洋派，以后在电话里会经常听到，"抱歉啊，让你坐厨房里这么久"。他俩引我走进书房：沙发，茶几，一个书柜，书柜对面靠墙是一台式电脑，电脑旁是一打印机——其时正有一场关于"作家换笔（即从手写变为电脑打字）会不会影响写作质感"的争论（真是个争论的年代啊），这里一望即知王老师的看法。他虽然看起来懒洋洋的，但仍给我一种精神抖擞、士气高昂的印象。这印象与一两年后他的精神状态反差大极。

6. 坐在沙发上，先履行采访步骤。我问他怎么看文化圈的"人文精神"大讨论。他淡淡地说，"人文精神"不该是某种被提倡的精神，某些繁复肃穆的道德教条。与其在那召唤什么人文精神，不如去探索真理，而真理也许是简单、有趣而直接的。此言令我这多愁善感的文科生大受震动。在他看来，真理是客观存在，而非由人主观定义，真理不因我们是否高兴、是否承认而改变——接受这一点，才是知识分子的道德所在。这与当时的学者作家喜谈道德而又无力持守道德、且道德价值因时因势而变的思维路径，截然不同。在他谈论的过程里，经常出现"我老师说……"这个句型。后来，他索性拿出一本《西周史》给我看——作者许倬云就是他念兹在兹的老师。可惜其时我对历史既无知识也乏兴趣，无法做出叶公好龙的样子，翻了下，就干巴巴地说，我还没读过您的《黄金时代》呢，主要是，不知去哪儿找。于是他蹲下身，打开书柜，在最底层掏了会儿，掏出一本金黄封面的《黄金时代》来，递给我。我说：您签个名吧！他拿起圆珠笔："李静小姐惠存　王小波"。落款没写时间，可见他很少这样。那是我第一次请作家为我签名。收起书，我毫不含蓄地表达了对他文字的喜爱之情，他面露欣然而害羞之色，说："我老师说我还得炼字。"望着他，我承认，自己想象中器宇轩昂的知识精英王小波，远不如眼前这位不修边幅、不够振奋的隐士带劲儿。

7. 中午了，银河老师说，咱们出去吃饭吧。我没有客气推辞，下楼，推着自行车，跟他俩去饭馆。他问起我读书的院校，现在的状况，我说，明年就要研究生毕业了，工作去向还不知道，就先实习着吧，有户口的工作不太好找。他说，不要求户口的话，有意思的工作还是很多的。顿了下,他说,你不一定非得找有户口的工作吧?我含糊应着,不好意思说"我缺少安全感,还是想找个解决户口的工作",感觉自己是一只走地的家禽,徒有翅膀,已丧失飞翔的想望。

8. 在饭馆里,我们一边吃饭,一边闲聊,无拘无束的气氛解除了我身上抑郁的魔咒,话多起来。我说,生活里也处处是花剌子模信使问题呀——比方说我的好朋友明明变胖了,可我告诉她说你太胖啦,别再吃那么多啦,她就很不高兴,说不想再见到我,就跟花剌子模君王不想见到坏消息信使一样。王小波笑道,你别呀,说一个女孩胖,人家得多伤心呀。我暗忖,看来在生活里,朋友间,他并不用批判性思维,这种思维只用来面对公共事务。又问起他如何看待柯云路,他的原话我已记不得,但意思还记得:柯云路用好几本书为伪科学张目,当然是一桩丑闻;但更令人遗憾的是他的小说,《新星》《夜与昼》之类写得很糟,着实让人物原型蒙羞。此话怎讲?原来,《新星》里李向南的原型,竟然是他的亲戚,哈哈。

9. 因为都采访过王小波,我和记者祝晓风也能聊上几句,一聊,脸上就都不由自主地泛起"独得之秘"的神情,肖夏林看见就会说:"嘿,他俩又聊王小波呢。"有一天,祝晓风给我看他收到的王小波来信,一封是给他的,一封是写给柯云路托他代转的。后面这封信可以看出王小波的性格:"柯云路先生,您好。感谢你的来信,但恐怕我不能如你所期望的那样,支持你的那种探索,而且这种态度毫无动摇的迹象。不过我也乐意和你做一番认真的交谈。如先生所言,在特异功能领域里有些江湖骗子,先生的工作与他们不同,是抱了真诚的态度。我觉得起码在一个方面先生和他们做的事是一样的,那就是否定理性的权威,反对知识的延续性。""中国人里知道柯云路,知道《新星》的人多;知道爱因斯坦和相对论的人少。我认为这是一件绝顶悲惨之事,当然,这罪不在你。不过你应该因此而慎重一些。"在得罪人与得罪理之间,王小波选择前者。但他的论争风格并非刀笔吏式的,而是一种寓犀利直率于柔韧有礼的英伦随笔风。

10. 回来读《黄金时代》,我被这小说的语言和写法大大震惊:

> 实际上我什么都不能证明,除了那些不需证明的东西。春天里,队长说我打瞎了他家母狗的左眼,使它老是偏过头来看人,好像在跳芭蕾舞。从此以后他总给我小鞋穿。我想证明我自己的清白无辜,只有以下三个途径:
>
> (1)队长家不存在一只母狗;

（2）该母狗天生没有左眼；

（3）我是无手之人，不能持枪射击。

结果是三条一条也不能成立。队长家确有一棕色母狗，该母狗的左眼确是后天打瞎，而我不但能持枪射击，而且枪法极精。

……陈清扬又从山上跑下来找我。原来又有了另一种传闻，说她在和我搞破鞋。她要我给出我们清白无辜的证明。我说，要证明我们无辜，只有证明以下两点：

（1）陈清扬是处女；

（2）我是天阉之人，没有性交能力。

这两点都难以证明。所以我们不能证明自己无辜。我倒倾向证明自己不无辜。

读这些段落，先是笑死，然后满口苦味。明明是小说，是叙事，却取逻辑证明的形式，语言坚硬、简洁、中立、无情。"1、2、3"的条件罗列、"以下三种途径"、"该母狗"等论文体用语，跟所述事件捕风捉影的荒唐性质（队长出于个人好恶而认定是王二射瞎了他的母狗，陈清扬因美貌而被猜想为破鞋）之间，形成怪诞的反差。这种表现荒诞境遇的黑色幽默手法是如此原创和奇崛，以至于我像个第一次买彩票就中了头奖的傻瓜，懵然确认，我遇见了真正的小说大师，而不只是以文章的人格力量点亮我灵魂的随笔作家。这个叫王小波的人，与我学过的中国当代文学史里所有的作家都不一样——他的"内容和形式"达到了饱满的统一，指向一种自由而负重的艺术，同时也昭示一种自由而负重的人格。这是一个迷惘的年轻人以寻求拯救和医治的心灵确认的。她认得出有力和无力，真光与假光，这是因为她自己无力，目盲，需要支撑搀扶。她一直将指望的目光投向文学，而文学一直沉默，终于借着王小波，回应了她。读完《黄金时代》，我向报社提出，要给"其人其见"栏目做一篇王小波的专访。我得到了批准。

11. 1995年11月，我第二次来到王小波的家。我们像熟人一样打了招呼。他问，领导表扬你了吧？这是一种含蓄的夸奖，表明他看了我发在读书报上的几篇报道。在此期间，发生了一次小小的默契。在一篇报道综述里，我引用了他的一段文字："知识分子可以干两件事：其一，创造精神财富；其二，不让别人创造精神财富。中国的知识分子后一样向来比较出色，我倒希望大伙在前一样上也较出色。"包含这段话的那篇文章署名文思，但我认为如此行文者，必是王小波，不会有第二人，就和他确认，果然。为此，他大概颇有些知己之感。而这次专门的采访，我本想探究一下《黄金时代》里的原始素材，并印证一下他的经历"不比杰克·伦敦少"的传闻，但是收获甚微。他不爱聊这些，说自己的经历平淡无奇，用不了一个上午就可说完。于是我像个心无旁骛的好学生，围绕当时的热门话题和他的文学观念问了问。他就谈起了莎士比亚、卡夫卡和卡尔维诺。我说，卡尔维诺那本《我们的祖先》我有，可惜只读了《分成两半的子爵》。他遗憾地看着我，说，怎么不读完呢。我羞愧地想到，自己心里有许多书单，明知道它们比为了写论文而读的书好上一万倍，可就是没花时间，浅尝辄止，生命就这样浪费在平庸的书和无味的论文上。他接着说，莎士比亚的作品是灿烂完美的，我甚至觉得，它们比人类本身还要灿烂和完美。这些作家的作品才是人类智慧的结晶，是让我感到人世无限美好的东西。作家的责任，就是创造出这样的东西来，别的都不值一提。他的目光清澈诚实，使我感到，他的力量不是源于自我称王的欲望，而是相反，它来自超越自我的谦逊和对更高智慧的渴慕。这谦逊和渴慕最终也不是为了荣耀自己，而是为了看见广大的人类和真正的真理。因这感动，虽然采访不算成功，我心中还是欢悦。后来写出一篇访谈，有感于他心灵的自由，将标题取为"飞翔的游戏"。文章最终不知何因，没能刊出。今年这旧稿跳了出来，我将它改名为"真理本身也许就很有趣"，录进电脑以存照。

12. 1995年底，我在《中华读书报》结束了实习，写毕业论文，找工作。一日，走过一个报刊亭，那里正售卖新年贺卡，就站住，一张可爱的卡片跃入眼帘：一棵大树上，一对憨态可掬的小熊紧紧相拥，树后是一轮巨大金黄的月亮。很像王小波李银河。就买了，写上一句话——王老师，李老师：看见这对小熊，想起了你俩。祝新年快乐！寄往岭南路30号院北京科委宿舍。卡片投进邮筒时，心中黯然：不知未来的饭碗在何方，也许从此与两位老师再无交集。

13. 1996年6月，《北京文学》的执行主编章德宁录用了我，要我负责文学批评和诗歌栏目，小说也可以约。我写信给王小波："王老师：我可能要从您的作品爱好者升格为文学责编了。我已到《北京文学》当编辑。把最好的小说留给我吧！"他回我一封短信，告我一个新电话号码。打过去，是银河老师接的，和她闲聊几句，说到媒体上对王朔的批评，银河老师也谈起她读到的，被小波老师在旁低声止住："别说了，人家王朔是好人。"此后，从他俩这里听到好几次"某某是好人"这种朴实无华的句子，听起来很不知识分子，却显现出一种纯真的心肠。

14. 我在《北京文学》策划的第一个选题是女性文学批评。除了学院派批评家，我还想约请文风通透的王小波。就电话问他，对女性文学有无可谈的？《中华读书报》上《从〈赤彤丹朱〉想到的》那篇，写得太有意思了。他说，我其实没怎么读过中国当代女作家，也没有她们的书。我说，我这有几本，给您带过去读读看？若觉得有话可说，您就写写吧。他说，那好吧。1996年8月，依着王小波在电话里告知的地址，我第一次去西单教育部大院他的住所拜访。那是一座筒子楼一楼朝南的一间屋，光线暗淡，家具简陋，最显眼的仍是电脑、打印机和书柜，是他母亲宋华女士的房子，他在此处和北京科委宿舍之间往返居住。来这边，是为了照顾他的母亲。我给他带去了陈染的《私人生活》、林白的《青苔》和胡晓梦的散文集。他问：这是女性文学代表作啦？我说，算不上代表作，但是陈染的《私人生活》今年很火，起码是重要作品啦。他说，好，我读读看。我问他最近写了什么小说？他说，写了几部长的，大概文体实验搞得有点儿走火入魔了，编辑们不收。还有说是看出了政治影射的，不敢用——我有那么无聊吗？用文学搞影射。他自嘲地笑起来。我说我能看看吗？虽然《北京文学》发不了太长的，可就是好想看啊。他打开电脑，打印了长篇小说《红拂夜奔》。

15. 在等待文章的日子里，我发现自己忽略了一件事：《北京文学》的稿酬很低，千字五十元。对经常合作的作家，这一点无须说明，但对初次合作、以稿酬维生的王小波，不告诉他这一点有失周到——虽然我的确不觉得他会因此拒绝我的约稿。于是想要补偿这亏欠。取稿的日子近了，我在电话里约好时间，对他说："开工资了，我请您吃饭！"他没有推辞。于是第二次去教育部大院。他说，除了你拿来的，我还读了几本女作家的书，感觉林白写得不错，王安忆很有专业精神，但陈染的《私人生活》呢，我写了篇批评。他一边打印文章，一边把友人寄给他的繁体字版卡尔维诺《未来千年文学备忘录》递给我翻，说，卡尔维诺讲了好小说的几要素——轻逸、迅速、确切、易见、繁复，起初我以为一篇小说只要有一种要素很杰出就是好的，读完我知道，他的意思是要同时具备这几要素；我有的长篇，写得太繁复了，有点儿过头了。（我记住了这本小薄书的名字，1997年辽宁教育出版社万有文库一出，我就买了来。）他又把打出来的文章递给我——《〈私人生活〉与女性文学》，很短，我就现场读完。作者先是以小说家举重若轻、化繁为简的笔法，指出《私人生活》在叙事逻辑上的软肋，最后从陈染提出的"女作家可以在男人性别停止之处开始思索"，讨论这样一个问题：女性写作能否以文化相对主义的名义，拒绝文学标准的统一裁判？他的立场是："文化相对主义的观点，在文学领域也不可滥用，它会把文学割碎。"读到最后，我还是笑了起来，为作家难以压抑的幽默本能。那段话是这样的："作者写出文学未曾表现的一种文化特异性，会是有趣的，但又不一定会好。举例来说，假设有种肉冻似的海洋生物有思维的能力，在大海中漂浮了亿万年。我们把它们中的一个捞了出来，放进鱼缸，给它一支笔，可以想见，它能写出些有趣的东西，但未见得好，虽然它们在陆生动物停止的地方开始思考，也不见得是好小说家。除非它对文学有些了解，有一些写作的经验——假如我们承认有好和坏，那就必须承认在文化的特异性之外，还有一个统一的文学标准，由这个标准来决定作品的好和坏。"虽然我是女性，但不得不同意王小波的这个看法。文学创作不是权利斗争的领域，正义与美，运行的是两种律法。单拿出"女性"二字在文学中说事，对女作家的创造力来说，不是个好消息。

16. 到了晚饭时间，我说，走，我请您吃饭。小波老师说，我来吧。我说，不行，这次必须是我。他说，那你跟我来。就把我领到大木仓胡同外一个样子跟食堂差不多的又大又便宜的饭馆。他点了一盘鱼香肉丝，一个青菜，就不让再点了。我问，您靠稿费生活可还行？他说，还凑合吧，我也不需要花什么钱。我问，您《黄金时代》以后的那些小说，不能出书吗？写得多好啊。他说，转了几家出版社，都没消息，可能人家担心销路吧。为什么好东西要有这样的命运呢？我发出了天问。他不语。我终于难以启齿地点题道：王老师，我上次忘了和您说，我们杂志稿费可低了……他毫不介意地说了句没事，就问我，诶，你自己不写东西吗？你也会写吧。我说，我想写，从小就想写，可直到现在也什么都没写，而且越来越不敢写。他问，为什么不敢写。我说，说不清，就是害怕，怕写不好。他问，你想写什么呢？我更不知从何讲起，说，您的文章里经常引用福柯说，"通过写作可以改变自我"，这也是我老想写点什么的原因。我想要改变自我，因为不喜欢这个自我。可是，小说需要描述一个外部的世界，而我的阅历太简单了，写不出什么值得写的外部。我只对内在世界感兴趣，只想把我的内在写出来、救出来，却没这个本领。而且内在这个东西，你越使劲儿盯它，越混沌一片，不值一提。他说，写小说需要的是想象力，想象力却是在不断写作里训练出来的，你先写，别吓唬自己。他的眼神充满期待，似在说，这是一项值得全部投入的事业，一起做吧。那种渴求同道的表情也似在告诉我，他的写作有多么寂寞，而寂寞是必须忍受也值得忍受的。

17. 读完《红拂夜奔》，实在喜爱，就提交给领导，虽然知道《北京文学》从不发长篇，但抱了一个幻想：也许能为极好的作品开个特例呢？当然未遂。但是领导说，如果做成一部三万字的中篇，还是可以的。我很挣扎要不要跟王老师提出这个请求，最终，禁不住成为《红拂夜奔》责编的诱惑，电话了他。沉默片刻，他说，好吧，两周后给你。语气萧索。

18. 两周后，我去取这稿子。打印时，他说，电脑老了，可也舍不得扔，这是我姐夫送给我的。他的二姐夫是一位企业家，十分支持这位小舅子的写作，1989年曾为他出资在山东文艺出版社出版了《唐人秘传故事》（书名本为"唐人故事"，可能为了销路，编辑加上"秘传"二字）。小波老师这次看起来郁郁寡欢，没有了我初见他、妻子在身旁时的晴朗快乐。此时银河老师正在英国访学，大姐、二姐、哥哥、弟弟都在美国工作，只有他自己在北京写作过活，照顾母亲。我问他，最近可写新小说了。他摇摇头，说，写作没状态，我妈老抱怨我不给她好好做饭，我连活都懒得活，怎么好好给她做饭呢。我感到胸口如受重锤，难以呼吸，想要安慰，却无可安慰，便问，银河老师在英国好吗？他说，还行吧，忙忙碌碌的，她是那边的穷人，我是这边的穷人。穷也没什么，只要能随心所欲有滋有味地写就好，但好像并不能。我想说，您其实可以不穷，甚至可以很有钱。您不是能自己编写中文输入软件吗？为什么不去卖钱？您不是很有才华吗，您又那么逗，随便写写喜剧片，电视剧，嘻嘻哈哈的小说和文章，钱不是跟捡来的一样吗，为什么不？只能说，和赚钱相比，您更喜欢受这难以名状的罪。但是我什么也没说。

19. 取稿回来，将这压缩版《红拂夜奔》再次送审。眼前总是小波老师抑郁不欢的神情，就写信给他，大意是，那部完整的《红拂夜奔》打印稿给了我在人民大学读研的朋友看，他已被迷倒，又将此稿传给室友，其着迷大有传染病之势。无论世事如何，您的作品我们只要读到，就会雀跃，所得欢乐是那些出版发表畅通无阻的作品不能比的。信中又向他发出新的稿约：现在的文学杂志都追中篇小说，不拿短篇小说当回事，其实短篇小说最考验技巧了，《北京文学》愿意反着来，在搞一个"短篇小说公开赛"，您也参加吧！因为深恐再像《红拂夜奔》那般辜负他，就硬了硬脸皮和心，说，只是您的短篇小说，只好，别那么刺激啦。几天后，他回我一封短信：最近记性很差，好像得了早老性痴呆，连身份证都找不着了。短篇小说我可以写。一切都会好的。

20. 过些天，副主编开会回来说，咱们挨批了，上期发的某篇小说里不是有个黄色笑话？讲夫妻同房，不小心戴了个扎着牙签的避孕套，结果孩子生下来时，打着伞。上级领导说，这篇小说格调低下，以后杂志不许再发类似作品。当然了，讽刺性太强的作品更不行。执行主编就把我叫过去：所以，《红拂夜奔》不能发了，这里不只有性，更有讽刺，发它就是顶风作案啦。我默默地想，一部大作，就这样牺牲在无聊作品的"犯罪阴影"下。给小波老师打电话,告诉他这个坏消息。他沉默片刻,说,没事的。聊起银河老师的学生在某单位干得难过,跟他诉苦,他也无可奈何。然后说:为什么你们这些好孩子,都没个好工作呢?我心中羞惭,无言以对。后来,我曾写过一篇《王小波退稿记》,记述了《红拂夜奔》在我手中饱受摧折的历程。那是一个文学杂志编辑愧疚而羞耻的记录。这件事成为多年以后我写作《秦国喜剧》的直接而持久的推动力。剧本写完,加了一句题记:"此剧中,'菜人'形象的灵感来源于自由作家王小波的长篇小说《红拂夜奔》。感谢他毕生的写作予我的启示。"无论如何,写了比不写好过些。《秦国喜剧》2015年底完稿,2017年第1期《戏剧与影视评论》发表,2017年7月由易立明导演,首演于北京中间剧场,距此事发生,已过去二十年。

21. 稿件交接之前,有时会给小波老师打个电话,闲聊一会儿。有一次,我问了他一个心中盘桓已久的问题:您的小说无论如何荒诞,都是有社会指向的,意义感强烈的,善良的,甚至是太善良和太关怀人的;可现在无论西方还是中国的纯文学,流行的却是反故事也反意义的文学,表达虚无的文学,似乎写这些、这么写才是超越时空的,永恒的,那您怎么安置自己的作品呢?您不怕它们过时吗?他想了下,说,如果未来的文学是你说的那样,那我就安于成为众多文学中不重要的一种。

22. 还有一次，我问，您觉得自己最适合写长篇、中篇还是短篇呢？他说，中篇。为啥不是长篇？他笑了笑：长篇需要好记性，你需要记住写过的每一条线索，每一个暗示。我现在记性已经不好了，埋下的东西没准儿过几天就忘了，我又不能每天开始写作前就回看写过的。另外，长篇需要作家包罗万象的兴趣，我的兴趣太集中，没那么广泛。他问我在看什么书。我说，博尔赫斯，不知为什么，他的小说里有一股测不透的神秘又宁静的忧伤，让我不由自主地沉浸，连它想要说什么都不想弄明白。他说，这正是我不喜欢博尔赫斯的地方，他的小说里有一种幽闭和死亡的味道。他也不喜欢张爱玲，也是同样的理由——幽闭。

23. 过了些天，去教育部大院取小波老师的短篇小说。依旧是打印了，我立刻看，小波老师则看我的反应。这篇小说题为"夜里两点钟"，是个套层结构：一个小说总也出版不了的北京作家，夜里两点钟睡不着，就在电脑里乱写一通；写的是十年前他在美国当穷学生时，也是夜里两点钟睡不着，和邻居、理科穷博士小宋在厨房里聊天，聊小宋的一个来路不正的亲戚如何靠"拣旅馆"连蒙带骗发了财；和小宋聊天的时候，他又想起前一年冬天跟妻子和哥哥游玩时，遇见了一条哲学博士毕业、自称老子信徒的"垃圾虫"，此人的境遇使"我"的博士哥哥立刻决定不做学问，改行去做生意。小说在此处局部地流露了作者本人的心事："但我不信他（指'垃圾虫'——李注）真有这么达观，因为一说到出书，他嘴里就带'他妈的'。尽管是老子的信徒，钱对他还是挺有用处。我现在也想说句他妈的，我有好几部书稿在出版社里压着呢，一压就是几年，社里的人总在嘀咕着销路。要是我有钱，就可以说，老子自费出书，你们给我先印出来再说——拿最好的纸，用最好的装帧，我可不要那些上小摊的破烂。有件事大家都知道：一本书要是顾及销路的话，作者的尊严就保不住了。"读完小说，我有点悲从中来。不是不好。结构精巧，语言轻盈，有奇闻，有谐谑。但显然，小波老师是为了"不为难"我而写的它。我最热爱的《黄金时代》《红拂夜奔》里的幽默、反讽和自由奔放的想象力，因我的约稿请求而收束。他在骨子里是马克·吐温、萧伯纳式的作家，擅长击打冒犯最强大的自由之敌。当这冒犯方向被他愿意支持的小编辑所"喝止"，他只好转向次级攻击目标——不公正的经济秩序对文化的贬抑。这就像一个善良而调皮的孩子为了稚气未脱的新班主任不至于哭鼻子，违逆天性而装乖。我这是在做什么呢。

24.《夜里两点钟》畅通无阻地在《北京文学》1997年第1期发表出来。自此，我不再向小波老师出题约稿，只讨他未发表的作品看。有一天，我读完了中篇小说《似水柔情》。这小说的独特处,不在于它当时尚属禁忌范畴的"同志"题材,而在于它揭示了作家阿兰与警察小史之间,其性爱规驯关系的颠倒所隐含的权力关系的溶解。作家阿兰这个人物也引出一个套层结构:他本人因受凌辱和摧残而成为gay(在行为上,他又是个bisexual,因为他娶了受尽凌辱的女同学"公共汽车")的历史,以及他的小说所讲述的"衙役与女贼"之间施虐与受虐的故事。可以说,《似水柔情》是一则权力寓言,主人公所遭受的社会—历史含义的凌辱与摧残,直接外化为长大成人后反常态的性取向。因此,这作品不只有"新奇之观",更是心理分析、性—社会—历史透视和站在被侮辱与被损害者一边的侠骨柔肠的合一。我忍不住电话小波老师,聊了聊读后感,听得出他很开怀。我问,这小说和您跟银河老师对男同性恋的社会调查,有关系吧?他说是。您很同情"同志"们的境遇?他说,当然了。同性恋分境遇型和天生的。境遇型是后天环境迫使他成为同性恋。天生的,就是生来如此,不是他自己选择的,因此强迫他结婚生子,会令他非常痛苦。接着他说笑起来:"有时搞调查,会感到很受挫折。有一次我去一个有名的同志厕所,进去的时候,同志们听见脚步声都满怀期待扭头往外看,看见了我,就都立刻把头缩了回去……"我想象这喜剧场景,大笑不已。"不过,有一回一个同志来我家接受访谈,住了下来,我才知道,我其实也挺有魅力……"这回他笑出声来。"然后呢?"我十分好奇。"然后,我抱歉地拒绝了他。"哈哈。

25. 过了几天,他告诉我,他编剧、张元导演的《东宫·西宫》在阿根廷电影节得了个最佳编剧奖。我向他道贺,他却并不欢欣。

26. 他的《思维的乐趣》在北岳文艺出版社出版了,有几本样书。他问:你要吗?我说:当然!他说,下午几点几点,在西单公交车站交接吧。我说,好。下了班,从和平门骑车往西单站,远远看见小波老师正拿着一份报纸,低头在读。我说:嗨!王老师!他抬头,嘴巴一咧,一笑,把书交给我。他问,你去哪。我说,回家,平安里。他说,我回西边(即北京科委宿舍——李注),可以同路走一段。我问,出新书高兴吗?他说,小册子而已,小说还是出不来。我说,那您也要写新小说呀,一定要写呀,您写得那么好!他说,争取吧,最近觉得老得厉害,有点写不动。我没有留心这句话。此前他说过几次"我觉得自己老了",那是身体不适的含蓄表达,而我充耳不闻,只是想,这么高大健壮一个人,还挺多愁善感。那个傍晚亦如此,我只是边走边觉得很快乐:我认识一位天才的作家,他幽默,热诚,素朴,像是这个世界美好的证明。他视我为友,我值得为此好好活下去。

27. 1997年3月的一个星期天下午，我在北大北门的风入松书店参加一套诗集的首发式。诗人云集，摩肩接踵，彼此寒暄。我身边的热闹劲儿平息了，一个熟悉的声音在头顶响起："李静，你好。"抬头，是小波老师，不禁开心地喊出来。他的眼睛亮亮的，笑着说，你的熟人很多啊。我说，嗨，责编诗歌栏目，得认识一些诗人啊，您怎么也来啦？他说，出版社社长是我朋友，喊我来的。聊了几句，首发式开始，就分散开，各坐各的位子。听了一阵，越来越不吸引人。我看小波老师双臂拄膝，神情漠然，一副忍受的样子。他也看向我，我们彼此示意，就悄悄离开座位，拿了书，走出来。我依然推了自行车，我们边走边聊。他问我最近在忙什么，我说，有报纸约稿子，在写小文章。他说，你不是说，想写小说吗？那是我很久以前说过的了，他还记得，用这忍不住失望的语气。我说，我试啦，但一篇完整的都写不出，我觉得自己缺很多东西。他说，多写，慢慢总会写好的。我不好意思说，我的短文章一写就能发出来，比摸黑写那不一定成功的小说，更容易得肯定，而我需要人的肯定，等我这不自信的心稍有支撑，我就一心一意写小说，写出一部拿得出手的，给您一个惊喜，再劳您教我更上层楼。就像您杂文里谈到的古希腊人，一个人在一块蜡板上划出美妙的线条，放在另一人家里，那人看见，就在上面划出更美妙的线条，又送回去——就这样不断往还，彼此切磋。多美妙。

但我什么也没说，以为未来将有许多机会，交换惊喜。

28. 1997年4月2日下午，我坐在教育部大院那筒子楼单间里，翻看小波老师刚办来不久的货车驾驶执照。"实在混不下去了，我就干这个。"他对我说。他说话有时半真半假。我想他的意思是：不一定真去干货车司机，但若凭真心写字维持不了生存，最悲观的路也不过如此。我对这位未来的货车司机表示了祝贺，就拿了他送我的《小说界》1997年第2期（那上面有他的小说《红拂夜奔》），告辞出来。他提起一只旧塑料暖瓶，送我走到院门口。他说："再见，我去打水。"然后，我向前走，他向回走。当我转身回望时，看见他走路的脚步很慢，衣服很旧，暖瓶很破。那是作家王小波留给我的最后的背影。那时我想起他跟我说过的两句话。一句是："我的大半生都在抑郁中度过。"一句是："我是一个自由主义者。"在凝望他背影的瞬间，我似乎咀嚼出这两句话之间必然的关系。但那只是一瞬间的事，然后我就快乐地想：在这个沉闷无聊的世界上，还有这样一个智慧而有趣的人，是多么好呵！

29. 1997年4月12日晨，请了一天病假的我去上班。女同事兴奋地对我说："你知道吗？王小波死了！""你说什么？""王小波，你的作者王小波，死了！"我感到迟钝，耳鸣，木沉沉，像有一支永不抵达的箭，向我的大脑缓缓射来。"不可能。""真的,你看北青报!"她把报纸摆在我面前。白纸黑字。但也许只是一个充满恶意的梦。我走出办公室,来到街上,等着有人将我唤醒。

30. 很久之后,我回到办公室,对执行主编说,请您同意我在下一期做个王小波纪念专辑,也许文学圈会觉得他不够重要,不够资格,但请相信我,这会在历史上留下痕迹的。二十五年后的此时,回想起那个二十六岁的小年轻对身经百战的老编辑说出"历史痕迹"这样的词,不禁哑然。章老师同意了。午休时,我赶往教育部大院王小波母亲宋华女士的家。李银河老师走出来抱住我,放声大哭。

31. 去八宝山参加小波老师的告别式,买了一束白百合。花店老板说,今天是谁走啊,人缘儿这么好,花都不够卖了。进告别厅,一个戴眼镜的男子对我说,我是王晨光,王小波的弟弟,你先进来看一眼吧。我将花束摆在小波老师的手边,看他涂着红嘴唇的妆容,感到陌生。贝多芬《葬礼进行曲》响起,吊唁者排起长龙,大约三百余人。如此多人以他为友,为何他看起来却形单影只。(一年之后,王晨光在美国被一黑人割颈而去世。)

32. 听了两场他的追思会。黄集伟说,他在公主坟一座商厦乘上行的滚梯，见到王小波从对面乘下行的滚梯，手揣在裤兜里，无所事事闷闷不乐的样子，他没敢打扰。这是最后一次见到他，后悔没有打声招呼，聊上几句。王小波的小学女同学，健壮，粗朴，看起来像是一位工人，说，几年前，她把搬家的消息告诉了小波，他就赶来帮忙，将装满家具的板车骑到新居，又帮她和家人装卸，跟"文革"时当工人干活没有两样。她哭道，从不知他有那么重的先天性心脏病，只是看他嘴唇发紫，以为是抽烟抽的。也看他骑车吃力，以为是写作久了，身体弱了。我脑补这位作家热心劳苦骑着板车的样子，心中掠过他的那些"看起来不像好人"的智慧文字，不知为何，感到完美。

33.《北京文学》1997年第7期出来了，有一个"王小波纪念小辑"，刊发他在世时就已送审通过的《万寿寺》第七章，李银河的《〈绿毛水怪〉和我们的爱情》，我的《王小波的遗产》。《万寿寺》的男主角是个失忆的人，在第七章的末尾，主人公叙述道："没有记忆的生活虽然美好，但我需要记忆。"

34. 许多天，也许是几个月以后，我发现，根深蒂固在身上十几年的抑郁和愧疚感，突然消失。我的那双时刻盯着自己杂芜卑微的内在、给自己定罪的眼睛，看向了外面。我看见那里站着一个更有意义的仇敌，一个庞然大物，它吞噬了我的光源。我对自己说，自此，它也是我的仇敌，我将为此写作，别的都不值一提。我不让自己感觉到，这么想，也许是因为能救自己。

35. 一个抑郁青年精神自救的第一步，是设立一个奋斗目标。我在本子里写道：要写一本王小波传记，要读他的所有作品，明白它们与他的生命经历之间，有何联系。自从他轰动的死，他的书稿再不积压，《黄金时代》《白银时代》《青铜时代》《黑铁时代》《地久天长》争先恐后火速出版。读完他早年的中篇小说《绿毛水怪》和《地久天长》，我捕捉到一个隐秘的信号，自认为找到了王小波何以成为王小波的关键线索。

36. 《绿毛水怪》写于1970年代前期：男主人公陈辉和女主人公妖妖彼此之间有纯真的精神恋情，但各自插队，天各一方。妖妖病死，化身为绿毛水怪，陈辉在海边礁石上遇见她，相约次日中午在此重聚，陈辉将吃下妖妖带来的化身之药，共赴海底。但次日陈辉发烧，没能聚首，自此他孑然一身，再也没见过水中的妖妖。《地久天长》发表于1982年，写云南插队知青小王和大许都恋慕女知青邢红，三人结成了一个志同道合、抵制指导员恐吓统治的小同盟。邢红得脑瘤病逝，小王大许哀痛欲绝，分了邢红的骨灰，各自走向新的生活。两部小说都写到精神之恋，都写到生离死别，都写到死别后彻骨的哀痛。我想，王小波的青年时代必发生过一段这样的恋情，那女孩必定也是死去了，这致命的丧失使青年的他彻悟了一样东西，令他成为这样的作家。这是一个奥妙的主题，我想起跟王老师夸口"想写小说"，那就写这么一篇吧。

37. 又过了些时，我读到约瑟夫·康拉德的《罗曼公爵》，开心又沮丧地感到，康拉德已成功地写过这个主题。在这里复述一下这篇小说，也许不是无益的：S家族年轻的罗曼亲王被巨大的悲痛击中——他那美丽高贵的妻子在与他共度了两年的美好时光之后，突然重病死去了。她是给他带来全部幸福的人，现在却已把他的幸福全部带走。每个人都看出了这一点，每个人都为他叹惜，除了他自己。他终日沉默不语，策马游荡在他的庄园四周的森林里。有一天，他忽然看见一支队伍蜿蜒前行，那是波兰百姓自发组织的反抗沙俄侵略的起义部队。这位在彼得堡的上流社会颇受尊崇的波兰贵族，当天写信辞去了他在沙俄禁卫军中的职务。他再次在森林里游荡，思索。后来对他的御马总管说："我要悄悄离开这儿了。我前去的地方，有一个比我的悲痛更响亮但又很相似的声音在召唤我。"他悄悄离开家，背叛了自己的阶级，投奔那支起义部队去了。他被俘受审时，拒绝以"因妻子病重而失去理性"开脱自己，平静宣告："我参加民族起义，是出于我的信念。"后来，S家族的任何一支亲王，都以"出于信念"作为家徽的题铭。多年服刑之后，他回到波兰女儿的庄园，并未深居简出，而是成了左邻右舍的热心朋友。

38. 我感到，这位罗曼亲王的心理机制，与王小波极为一致。多年以后，我向银河老师求证，小波老师青年时代可有过一位精神恋人，并且重病死去？她说，还真有一位，她是得脑瘤去世的。我想起罗曼公爵在森林里游荡时思索的："这土地是他的；那位他热爱的女子也曾经是他的，可是死神把她从他的手里夺走了。她的死使他精神上受到极大的震动；打开了他的心扉使他面对一种更巨大的悲痛，打开了他的思路使他进行了更广阔的探索，打开了他的眼界使他看见了过去的一切，也看见了面前存在着另外一种爱，这种爱虽然充满痛苦，但也和他曾经寄以幸福而终于失去的爱一样，带有神秘的不可抗拒的力量。"对王小波来说，那位女孩的死也必使他看见"更大的悲痛"和"另外一种爱"——对真理、自由和智慧的爱（这是他和她共同所爱的），以及这些宝贵之物被隔绝于"沉默的大多数"（也永远隔绝于死去的她）所令他感到的愤怒与悲哀。爱的痛失与重生，使他像罗曼公爵一样发誓此生都将奋起抗敌，这敌人就是扼杀真理、自由和智慧的野蛮力量。这就是为什么他的文字既有义无反顾的反讽杀伤力，又有温柔深醇的大爱热肠之原因。

39. 2005年4月11日是王小波的八周年忌辰，我的前同事、时任鲁迅博物馆馆长的孙郁先生和我说，要做一个王小波生平展，要我帮忙采访一下小波老师的母亲宋华和大姐王小芹，存一些资料。我欣然从命，去到宋华阿姨家。那部从未实现的《王小波传》已迢遥如星，见证我的软弱和惧怕。

40. 大姐王小芹说，在他们弟兄姐妹五个（大姐王小芹，二姐王征，大哥王小平，王小波，小弟王晨光）里，小波在家最不受重视，小弟王晨光犹如凤姐，娇宠最多，嘴巴最甜，七八岁时就会说："妈，你爱吃什么告诉我，我让王小波买去。"小波由此养成低调的性格，身体也不好——骨头软，得经常吃钙片，心脏闭锁不全，医生说大了就好了，也没好。他是哥哥的跟屁虫，幼儿园里的呆子，小时候喜欢蹲在墙根晒太阳。脾气倔，小学时老师提问，他就是不回答。后来才发觉他很聪明，说任何事情，角度和语言都跟别人不一样。喜欢说笑话、背书，喜欢滑稽、有趣、好玩的东西，喜欢听相声，爱恶作剧——有一回买了666，把红星楼（教育部的老办公楼，因楼顶有红星而得名——李注）的下水道点燃，熏那楼里上班的人。他的幽默并非遗传，父亲王方名是逻辑学家，存书多，很严肃，小波倒是看了不少父亲的书。他从云南农场写信回来，家人才发现他的幽默感。问他那边伙食怎样？

他写："茄子下来整天吃茄子，韭菜下来整天吃韭菜，后来见了茄子韭菜都不想吃。"他在云南农场得了很重的肝炎，只好回京。户口随身揣着，不能落户，人称"口袋户口"，毫无前途，他也不想，就躲在小黑屋里写小说。后来，他被妈妈转到山东牟平县青虎山落户。那地方艰苦，蚊子能把人吃光。当地人把他当客人，给他做舍不得吃的腌臭带鱼，以致他后来再也不吃海鲜。他的户口转回北京后，就在街道的钢锉厂和一些街道大妈一起工作。恢复高考后，他想考中央戏剧学院的戏剧文学系，因为拒绝照"两个凡是"写戏，没能考取。后来就考了中国人民大学的商品学系。他的思维能力强，动手能力不行，做实验笨手笨脚，同学都怕他把实验室炸掉。刚上大学时，他当班里的生活委员，把钱放兜里只是一个动作，随后就忘。他没有什么金钱概念，喜欢写就一直写，不去工作、不要孩子也要写。李银河真是慧眼识珠，脱俗有主见，就凭《绿毛水怪》手稿认定了他的才华，一直支持他。因此小波在美国都没怎么打工，打一点也是为了"深入生活"。他的思想一直"没入套"。他的世俗地位一直在冷眼旁观的边缘，不拔尖，没人捧，没人吹，所以他能写出这样的东西。

41. 王小芹说，小波善良，所有家人都得到了他的帮助。王小平、王晨光和她出国，小波每人资助2000美元。她的儿子姚勇（原水木年华乐队成员，后经营科技公司——李注）是小波带大的，情如父子，小波对他精神和物质的关爱都极慷慨。小波和母亲说不上有共同语言，但独自承担了照顾之责，放弟兄姐妹去海外各自生活。若不为母亲，他就陪李银河一起去英国访学了。若如此，他也不会去世。他待朋友也义气。在云南当知青时，听说一友生病，立马启程，翻山越岭，林中时有虎啸，吓得他战战兢兢，走了三昼夜终于抵达，见朋友已好，立即返回。他在美国和加拿大朋友众多。弟弟王晨光遇害后，所有起诉、举证等烦难之事，皆是小波朋友热心相助。他们感念他从前的友爱，就在此事上报答一二——虽然那时小波已离世。他真是特别善，从没恨过什么人。连个叫化子，他都对人家很好。谁要是对他不好，他也就幽默一下，憨憨一笑。

42. 他的母亲宋华女士说：小波身高1米83，可能是O型血。要我看，五个孩子干的活不一样，都好，现在我也没觉得他是最棒的。他和他二姐王征是姥姥带大的。（王小芹插话：我和弟弟王晨光最要好，我俩在家里的阳光地带；小波和他二姐最要好，他俩在家里的阴影中，不得烟儿抽。小波和他大哥小平也最好。）小波是家里的老四，对父母来讲，已经不新鲜了。我们和孩子都没有卿卿我我的。我没遭难，因为出身好，做事踏实。他爸爸不太平，出身、性格都是不太平的因素。1985年9月3号，王小平才去美国一礼拜，他爸爸就去世了。我没告诉小波，是他的英国同学看到报上消息，问小波，小波打电话问我，这才告诉他。他立刻哭了。小波性格憨厚，小时候，他舅舅叫他"傻波子""老波子"。他不喜欢表功，从没说过是他照顾我。我身体好时，给他做饭。他不吃早饭，爱抽烟。有病不看，有病也不说。他的书，有的我觉得还好，有的我觉得……我劝他，你注意点，历史上有文字狱。其实他的文章说的都是实话，很多话他都没敞开说呢。他小时候，看法就和别人不一样。"文革"时，教育部大院有一大字报《牛头·马面·判官》，讽刺了两派争斗。人就追查这是谁写的，说这是"新三家村"啊。1996年小波才告诉我，那是他写的，漫画也是他画的。"文革"时要是查出来，不打死他才怪。他调皮归调皮，可从没打过老师。

43. 此后，过去了许多年，几乎每年我都写一篇关于王小波的文字。2017年后，我不写也不读他了，投身别样的精神生活。今年4月11日，是他忌辰25周年，5月13日，是他诞辰70周年，我重新捧起他的《黄金时代》和《沉默的大多数》，想看看自己的感受有何不同。果然，我变了，也没变。我清晰地看见他在我生命中的印记，也模糊地望见他未及展现的可能。我竟才意识到，在《黄金时代》里，是陈清扬而非王二，更接近王小波的内在自我。作品有意滤去情爱，惟留性爱，只为探究那禁忌处处的时代环境下，一个女子"因性生情"的身心历程。此荒诞痛楚历程之揭示，如在医学实验室解析人体组织切片，极其理性又极其疯狂。作家的诗意和激情，与他的科学理性主义之间臻于极致的张力与平衡，令人惊叹。自此之后，王小波的天平向科学和理性偏重而去——那是他的信仰，因反抗荒谬和桎梏而生，他的生命亦献祭于此。我忍不住揣想：假如他有一颗强健的心脏，假如他的岁月继续绵延，他的写作是否会迎来新的飞升？他是否会从"黑铁时代"的悲观里仰起头，看见他早年看见的众星、众星之上的奥秘？他后来的作品里是否会不只有绝望、否定、审判与义怒，亦会有盼望、肯定、恩典与赞美，对那至高奥秘的赞美？不知为何，我觉得会的。

44."他无佳形美容；我们看见他的时候，也无美貌使我们羡慕他。他被藐视，被人厌弃；多受痛苦，常经忧患。他被藐视，好像被人掩面不看的一样；我们也不尊重他。"（《以赛亚书》第53：2-3）文学的真理与生命的真理，何其相通。文学之子与拯救世界的弥赛亚，其"受死"与"复活"在人心中所做的工，多像影子与本体之关联。天赋奇才的王小波，却是世俗世界的"失败者"。自由幽默笑谑的智者，却是敏感善良憨厚的痴人。支撑凄惶软弱的年轻人逃出生天的"救生员",却是即便无处可逃、也要永不屈服的"取死者"。"一粒麦子不落在地里死了,仍旧是一粒;若是死了,就结出许多子粒来。"(《约翰福音》12:24)王小波的死与生,在我的个人生命中确曾运行了这一原理。相信这也是在许多人身上发生过的故事。谁能理解这奥秘?当我们理解之时,或许就会明白,文学的确是公正的游戏,值得人忘我,亦可期待它参与救赎。

2022年4月9日

关于王小波的否定之否定

一很asshole之想法

1987年,身在美国的王小波给他的画家好友陈少平写了封信,信中对比利时皇家现代画廊将前辈大师与后来者作品并陈的做法,大发感慨:"先至者备尝寻求表达自己之痛苦,后来者乘乱起哄架秧子。愚弟自信对现代艺术的真谛已知其中之味矣。盖道德非艺术,摹仿者非艺术。艺术只是人的感受与不同的表达方式。艺术需要一种伟大的真诚,为中国人所缺少者……我发现中国的文人……口头上自称后生小子,而无不以宇宙的中心自居。无论作文作画，只是给出自己伟大的现世证明。或者在自己道德崇高上给出证明，或者在自己清高上给出证明，或于自己谙熟别人不懂的东西上给出证明。"他还谈到未来的写作："我亦有一很asshole（'屁眼'之意，他说美国有人办谦卑学习班，让骄傲的学员认识到自己只是个asshole）之想法，有朝一日写完很多书，出不出且另论，反正写出来了，而且自信写得极好，岂不可以兴高采烈，强似眼下没得吹也。相信高更梵高等asshole行将就木之时亦是如此想。因为书好不好与画好不好，乃是有千真万确的标准的，我对此已有极大的信心。但是书写得好与画画得好，不一定能捞到油水。要捞油水尚要另一类功夫。以弟之见当然要两全其美。于前者要尽力争取，后者当然也不死心，只可惜希望渺茫也。"

此后十年，王小波归国写作，满怀信心、不计油水地向他心中的艺术标准虔诚进发，现实也如他所料地以"渺茫希望"回报了他。这渺茫持续到1997年4月11日凌晨，他心脏病突发，悄然离世。

偶像的诞生及其黄昏？

如你所知，这不是故事的结束，而只是个开头。死亡是一场核裂变，将一个人的精神能量急骤而炫目地播散。为什么如此？正如他的长篇小说《红拂夜奔》所说："卫公死了,这就意味着从此可以不把他当作一个人,而把他当作一件事。"由于王小波成了"一件事",他在世时四处碰壁的作品便迅即出版,时至今日,每年都有不同版本的文集出版流布。十几二十几岁的年轻人滋滋有味地读着,咂嘴连连,"好看好看",殊不知这位伯伯的书之所以好看,就因为他写作时从不考虑"出得出不得",以至于只要他活着,还是"一个人",就几乎出不得。

最先敏感到王小波话语方式之开启性的是一些自由主义人文学者。王毅先生这样回忆他1998年主编《不再沉默——人文学者论王小波》一书的起因:"1990年代中国思想界出现一个低潮,人们忽然失去了原来的言说方式,急需一种新的方式把人们从失语状态下解救出来,王小波的杂文和小说,就提供了这种新的方式。他没有选择像陈寅恪、顾准那种殉道者式的生存和言说,而是走上了一条'两边开满牵牛花的路',这是一条'简单'的求得精神自由、心灵自由和人性自由的路,适合更多的人去走。"此书集结了当时国内最有分量的思想界人物如李慎之、王蒙、秦晖、朱正琳、许纪霖、汪丁丁、陈家琪、何怀宏、李银河、艾晓明、崔卫平等,从文学、哲学、历史和社会学等多个视角分析了王小波作品的思想和形式。"王小波热"最早即以这种理论形态开始,并最终成为1990年代以后中国最重要的精神景观之一。一个作家以付诸生命的文学实践触及精神的现实,并由此而超越文学的边界,启示人们去建立更富个体意识、科学态度和创造精神的思想趣味与价值观，这是"王小波热"最主要的内涵。

在王小波深受思想界、大众媒体和普通读者认同的同时，"文坛的沉默"成为他逝世十五年间不断被提起的公案，这一现象引来一些文学界人士的不满："王小波的死成了反证文坛'衰落'与'麻木'的证据，并成了一个'示威'事件。""因褒扬王小波而产生的对'文坛'的指责，是对中国文学体制的指责，对文学体制背后的国家体制的指责，还是对某些文坛领袖的指责？或者说，对中国文化的指责？""这种对抗性的强调，并没有让文坛真正变得宽容，也没有改变'文学场域'的利益游戏规则，反而使主流意识形态的'甄别器官'更加敏锐，在增加媒体的'话语能量'的同时，增强了文学体制本身的警惕性。"[1]

这位论者像所有政治妥协主义者一样，希望以文学体制的接纳来确立王小波的文学地位，却害怕媒体的"过激"言论产生"反作用"。实际上并非如此。关于王小波的传记写作虽无进展，但他的兄长王小平今年出版的回忆录《我的兄弟王小波》甫一面世，即受瞩目。关于他的文学史叙述依旧阙如，但以他为题的学术、学位论文却逾百篇，三联书店出版的《六十年与六十部——共和国文

---

[1] 房伟：《十年：一个神话的诞生》，《山东社会科学》2006年第9期。

学档案》(中国社会科学院文学研究所当代室著,2009年)一书中,《黄金时代》和《我的精神家园》作为其中的两部年度作品,被中肯地评价(杨早撰写)。天津人民出版社也出版了《王小波研究资料》上下卷(中国小说学会主编、韩袁红编,2009年),将他与沈从文、王蒙、莫言、余华等"正统"作家并列。房伟的《文化悖论与文学创新——世纪末文化转型中的王小波研究》作为第一部王小波研究专著,2010年由上海三联书店出版。无论王小波本人是否喜欢,他已成为文学的"民间意见"进入并影响文学评价体系的一个案例。

王小波幽默反讽的言说方式、古今对话的文体样式受到了新世代青年的狂热追慕,与此同时,他嬉戏禁忌、伸张自由的精神内核却因风险过高而被有意无意地回避,甚至连叙述他生前的窘况,也会被视为不堪承受之重:"如果总是讲述王小波生前的不如意,那谁还敢继续走他的路呢?"一位"80后"记者忧心忡忡地问我。年轻人既爱王小波式的智慧,又怕这种智慧给自己带来麻烦。如果前方有一个油水大大的保险,那么他们都愿意做他。问题是,王小波不是这样炼成的。王小波的同义词,就是不计利害的"冒险"二字。哲学家怀特海说得好:"没有冒险,文明便会全然衰败。"

盛极必衰,物极必反——我指的是王小波这种持续十五年被批量模仿、反复评说的状况。一些文坛新贵因此对他的存在感到不胜其烦。他们一边勤奋创作广纳粉丝，一边把王小波视作已被超越、亟需砸掉的过时偶像：

青年作家冯唐："文字寒碜、结构臃肿、流于趣味、缺少分量是王小波的四个不足。""小波的文字，读上去，往好了说，像维多利亚时期的私小说，往老实说，像小学生作文或是手抄本。""几十年后，如果我拿出小波的书给我的后代看，说这是我们时代的伟大杰作，我会感觉惭愧。"（《王小波到底有多么伟大》，《高中生之友》中旬刊，2018年第9期。）

青年作家阿乙："王小波的小说倒没给我留下太多印象。""在今天，我对王小波基本没有感情。而且我觉得自己在二十六岁前的阅读状态基本是一种有毒状态。""后来我也在他的文本里读到他的优越感。我也不觉得他留下了什么典型的文学形象，他的文本留下的都是三个字：王小波。也许他和鲁迅一样，在针砭时弊上有突出贡献，但从求知层面说，他误人不浅。今天如果我的朋友还在看这类杂文，我会低看他好几眼。"（《26岁之后不再读王小波》，《人物》2012年第4期。）

青年作家蒋一谈："王小波的文学缺乏善，缺乏发自内心的悲悯。""王小波的文学同样缺乏美。王小波的写作方式是单调的，他乐于重复自己……""王小波的文字遗留下什么写作遗风？戏谑、阴郁、残暴、血腥、玩世不恭……"（《遗憾的中国时间》，《人物》2012年第4期。）

……………

一言以蔽之："小波往矣，数风流人物，还看今朝。"

果真如此吗？——到底是"江山代有才人出"，还是"后来者乘乱起哄架秧子"？

这是一个问题。

反讽的道德

在探讨这个问题之前，我先谈谈王小波的小说——不聊他的杂文，它们毕竟通俗易懂，少有歧义，且本人已专文谈过——倒不是怕阿乙先生低看。

王小波的小说写了什么？怎么写的？此二问题决定一部作品的价值。如用一句话概括，那么可以说：他的小说以一个个全新之人荒诞而悲观的经历，揭示了权力控制与个体自由的紧张关系——这是千古国人的恒久困境。

关于权力控制的主题，不少当代中国作家已有触及。但王小波与其他作家的不同在于：后者多将权力本身描述为"恐怖巨兽"，王小波则描述为"滑稽怪物"；后者侧重表现权力控制对"化内之民"造就的等级秩序、生存恐惧、心理同化力与价值虚无感，王小波则侧重表现权力控制对"个性之人"自由创造力的扼杀、真实人性的扭曲和历史真相的掩盖；后者创造的世界是严肃沉重而窒息可怕的，王小波创造的世界则是荒诞轻逸而毫不可怕的；后者的叙述视点多为无能为力的整体性的平民视点，王小波的叙述视点则是拒绝生活于"设置"之中的个体性的"新人"视点；后者揭示权力横暴导致的"活着"的困难，王小波揭示权力控制导致的智慧的匮乏；后者的核心焦虑是生存与奴役，王小波的核心焦虑是存在与自由；在揭示权力罪孽时，后者的叙述本身或多或少都烙印着"权力巨兽"的精神创伤与思维同构性，而王小波的叙述则隐含了与权力系统迥然相悖的精神路径与价值源泉——以独立运用个人理性和创造力，追寻存在的真实与自由。这样一个克服了重力和恐惧的世界，实是王小波解放性的心理力量的外化。此种力量超乎道德，但其作用却首先是道德性的——它启示读者在妄图统治的"滑稽怪物"面前，首先拥有独立判断的头脑和拒绝服从的勇气。

王小波的小说有一醒目的特征，即其价值观念和美学趣味的皮里阳秋现象——在经验自由主义的启蒙理性与后现代色彩的叙事技巧之间，在丰饶坚韧的自由意识、批判精神与天马行空的冷嘲热讽、恶意戏谑之间，在意义承担者的品性与玩世不恭者的调性之间，运行着一种欲彰弥盖的反讽的魔术。有犬儒主义者认他为亲戚，有救世主义者以他为犬儒，都是以魔术为实相，被他骗过了。

克尔凯郭尔曾如此解释反讽："根本意义上的反讽的矛头不是指向这个或那个单个的存在物，而是指向某个时代或某种状况下的整个现实。"（［丹麦］克尔凯郭尔：

《论反讽概念》，中国社会科学出版社2005年12月版，第218页。）"反讽者时时刻刻所关心的是不以自己真正的面貌出现，正如他的严肃中隐藏着玩笑，他的玩笑里也隐藏着严肃；这样，他也会故意装作是坏人，尽管他其实是个好人。我们不得忘记，对于反讽来说，道德的规定其实是太具体了。"（同上，第220页。）

对于反讽者王小波来说，"道德的规定"即是真实而绝妙地捕捉中国精神传统中"自由之敌"的幽灵，及其在历史、现实造作的错乱荒谬，而排除任何的虚矫。因此，他自承的使命不是挽悼与哭泣，而是否定与摧毁。他最终的用意也绝非自证与自炫，而是清算与启示。"谁要是受不了反讽来算清这笔账，啊，那他就太不幸了！作为消极的东西，反讽是道路。它不是真理，而是道路。"（出处同上，第248页。）"反讽分别是非、确定目标、限制行动范围，从而给予真理、现实、内容。它责打、惩罚，从而给予沉着的举止和牢固的性格。反讽是个严师，只有不认识他的人才害怕他，而认识他的人热爱他。"（出处同上，第283页。）反讽诉诸幽默，也诉诸超我的、整体性的感受力和想象力。不懂幽默的作家，便无法领会亦正亦邪、寓热于冷的反讽；没有超我而单"以宇宙的中心自居"的作家，更不能明了反讽者将时代之病与救赎之忧熔为作品骨骼的雄心。关于此点，提请冯唐、阿乙和蒋一谈先生注意。

写了什么？

王小波的小说创作，经历了从早期的"生命驱动"到成熟期的"思想驱动"的过程。

1. 来自另一谱系的早期作品

整个1970年代的手稿时期直到1982年中篇小说《地久天长》在《丑小鸭》杂志发表，属于王小波创作的早期阶段。对比"文革"时期的官方文学和1977年之后的中国新时期文学，会感到王小波的早期作品是来自另一个谱系，另一种头脑。它们流淌着奥维德、马克·吐温和萧伯纳的血液，怪诞变形、温暖诗意而又幽默毒舌。这些小说取材于知青生活（《战福》《这是真的》《这辈子》《绿毛水怪》《地久天长》）、民间传说（《歌仙》）、城市日常（《变形记》）、心中幻梦（《我在荒岛上迎接黎明》），手法多变，清新质朴，人物在日常逻辑中行事，却在可能性的尽头突然发生奥维德式的变形——人变驴、变狗、变绿毛水怪，或男女互变……赤子柔肠和顽童心性主宰了这些作品，全无革命意识形态的规驯烙印。尼采曾言"在自己的身上克服一个时代"，诚如是。

荒蛮时代，如此心灵怎样长成？在写于1970年代前期的《绿毛水怪》里，少年男主人公陈辉和女主人公妖妖在中国书店里找到了自己钟爱的书，实际上，这是王小波少年时代的局部书单：安徒生的《无画的画册》（"谜一样的威尼斯，日光下面的神话境界！"），马克·吐温的《哈克贝利·费恩历险记》（"妙不可言！"），卡达耶夫的《雾海孤帆》（"马上就看得入了迷"），《小癞子》《在人间》（"世界上的好书真多哇！"），陀思妥耶夫斯基的《涅朵奇卡·涅茨瓦诺娃》（"我永远也忘不了叶菲莫夫的遭遇，它使我日夜不安。并且我灵魂里好像从此有了一个恶魔，它不停地对我说：人生不可空过，伙计！可是人生，尤其是我的人生就要空过了，简直让人发狂。"），莱蒙托夫（"不朽的抒情短诗"），普希金（"她喜欢普希金朴素的长诗，连童话诗都喜欢"）；他对《短剑》《牛虻》有所保留（"后来我们长大了，这些书看起来就太不足道了，可是当时！"）；对《南方来信》《艳阳天》之类的书（"呵……欠！！"），田间、朱自清、杨朔这样的作家（"妖妖，你叫我干什么？你干脆用钢笔尖扎死我吧！"），"我"绝然掉头而去。

《猫》《绿毛水怪》和《地久天长》至今撼动人心。《猫》表面上写的是一只只被挖去双眼的小猫和叙述人从哀怜、震惊到妥协、合流的变化过程，实是一篇追究残暴、拷问良心的慈悲之作。《绿毛水怪》和《地久天长》书写了至真至纯、天人永隔的爱恋，不事声张却离经叛道的精神生活，其清新决绝的人性视角，轻柔敏感的心灵世界，栩栩如真的魔幻/写实手法，拥有穿透时光的魅力。

两篇小说都是"相恋的精神同谋与整个荒谬世界相抗衡"的故事,到王小波的创作成熟期,这一故事遂发展成为一个叙事模型。

2. 艺术纯熟的《唐人故事》

《唐人故事》初版于1989年(出版时名为《唐人秘传故事》,"秘传"二字系编辑所加),是王小波第一本公开出版的中短篇小说集,已是一部艺术纯熟之作,延续了鲁迅《故事新编》古今对话、以今拟古的叙事传统。

与鲁迅的老成气质不同,《唐人故事》弥漫着强烈的童话气息。这些"唐代人物",主体性极其丰盈,游戏精神高度充沛,乖张有趣,怪念迭出,多是女贼男盗不伦之徒,常有打赌竞赛捣乱之举。故事的每一处转折,完全不靠这些人物在紧急情境中的被动起落(这种情况基本不存在),而是往往由类似这样的句子来完成:"他起初想……后来又改了主意……"也就是说,是人物内心的自主对话造成了情节的突转。这一做法在效果上稚拙可掬,在回味上却寓意无穷,《夜行记》最为典型:书生与和尚在山路上同行谈天,书生一言不合就想拿弹弓射死和尚,因未能得逞而反思自己的言行逻辑;和尚则想通过露两手吓跑书生以劫财色,也因未能得逞而反思自己不该抢劫;最后二人互剖心迹,成了最好的朋友——这是一个自由主义者戏谑化地讲述心怀偏见的博弈者如何在受到挑战后进行自我反思,最后回归理性的故事。《立新街甲一号与昆仑奴》里,每一句"这种感觉,古今无不同",即实现一次高效率的时空转换,同时为全篇确立了诗的节奏。《红线盗盒》中,红线这个精灵古怪的小蛮婆,彻底颠覆了象征着等级、官本和男权的薛嵩的权威,这一颠覆也释放出阅读者对"阴暗传统"的攻击快感。《红拂夜奔》(后来长篇小说《红拂夜奔》的雏形)的伪史插叙和故事悬念相映成趣,漫画夸张的人物和精神自由的主题相互彰显。而《舅舅情人》,则是我所见到的关于"暗恋"的小说中最奇特的一部。谁能说清小女孩和王安之间"绿色的爱"到底为何物?作者似乎在说:这是一种纯粹的精神之爱,女孩得到了她对此爱的验证,就离开了王安的生活,王安的妻子也得以释放回家与他团聚,还改正了自己爱吃醋的毛病。十足的大团圆结尾。

童话都是大团圆结尾。这一时期的王小波愿意孩子似的相信:阴暗滞重的世界终将没落,美好的自由将如不竭的清泉,洗去人类的贫乏与忧郁。

3. 思想驱动的"时代三部曲"

中篇小说《黄金时代》的诞生,标志着王小波写作成熟期的到来。"时代三部曲"乃是"思想驱动"之作,王小波的想象力在其中显现出不同的形态。

"黄金时代"系列带有强烈的怪诞现实主义色彩。

《黄金时代》《似水流年》《革命时期的爱情》等作品，讲述了一个个怀抱罗素式哲学态度的主人公，在"文革"时期的荒诞遭遇。他们智力超群，求知若渴，内心叛逆而与世无争，只想在平淡的人生中，不受愚弄，得见真相，追求"于人无害"的极端体验——科学或写作的胜境。但此一合理欲望却时时遭受"革命"的"浪漫逻辑"的摧折。王二们时时抽离情感与是非，刻刻处于旁观和自省的状态，以便像科学家一样把置身的现实当作认知的客体。于是我们看到，主人公一直极尽精确、价值中立地以"科学方法论"经历着他的生活，却如同与一道道古怪的逻辑证明题劈面相逢——演算者竭心尽力遵循科学的步骤，可推导出的合理结论，却与现实提供的荒诞答案大相径庭。当此之际，生活的荒谬本质被突然裸裎，而孵育此类生活的那种精神结构和决定力量，也从出人意料的角度遭遇了追问与袭击。

C. P. 斯诺说："应当把科学同化为我们整个心灵活动的重要组成部分，正如运用于其他部分一样地自然而然。"是的，当科学成为王小波"自然而然"的"心灵活动"而非心灵之外的研究工具时，它便化作他观察现实的视角、立场、价值参照和修辞方法。出身理工农医的中国作家并不少，但与科学之间建立起如此水乳交融的"心灵关系"并发展出独特的文学表达式者，目前唯王小波一人而已。

在此后"青铜时代"所囊括的三部长篇小说中，王小波的叙事走向了诗化、寓言化和象征化。《寻找无双》借助王安寻找表妹无双而不得的故事，探讨谎言社会的共谋式遗忘；《红拂夜奔》则以流氓天才李靖变成皇帝御用工具的故事，表现知识分子在反智社会中的尴尬处境，以及"有趣"在权力操弄下变为"无趣"的过程及其文化—心理机制；《万寿寺》则用薛嵩迎娶红线的故事，描述"诗意"的生存状态与传统的阴暗力量之间微妙而剧烈的战斗。

在这些作品中，王小波将他对现实、历史、传统的总体判断毫不生硬地转换成直观、怪诞而欢蹦乱跳的形象，并让其随意出入他的叙事空间。为了保证叙事的自由，他在几乎所有小说里都设置了一个积极的叙事人王二，作为作家自我的一些分身，"王二"的现实状态和心理活动决定了整部小说的叙述内容与时空秩序。

举个《红拂夜奔》的例子：该小说讲的是中国古代数学史教师王二（他因为做着"在宋词里找出相对论，在唐诗里找出牛顿力学"的"研究工作"，在大学里领一份薪水）在业余时间一边证明费尔马定理，一边写一部关于李靖与红拂的小说。这部"小说"遍布着奇崛怪诞的意象情境和密集强烈的意义指涉，每破译一处，读者便会心微笑一下：关于李靖为了糊口，不得不把费尔马定理的伟大证明写进春宫小人书，以及他毫无功利之心的发明专利最后都被大唐皇帝买了用作杀人的武器；关于李靖为皇帝设计了使人聪明的"风力长安"、使人勇敢的"水力长安"和使人愚蠢的"人力长安"三个建都方案，以及在皇帝故意选择了使人愚蠢的"人力长安"后，他如何完善了使人更加愚蠢的各项制度；关于为了吃香喝辣、甘愿养肥变成皇帝佳肴的"菜人"，以及监控李靖跟踪失利不得不被批量砍头的公差；关于寻找有趣的红拂厌倦了无趣的贵妇生活，却连自杀都得向朝廷申请指标，以及除了假正经就不知如何生活的虬髯公在熬成了扶桑国的总领导以后，变成了一条猥琐阴暗的大鳊鱼……每一个人物，每一个空间，每一条故事线，都是对文明痼疾与现实荒谬的反讽性隐喻，而整部作品，则是关于智慧生命遭受反智权力摧残荼毒的绝妙寓言。

"白银时代"系列是王小波写作生涯中最后的完整作品，叙事的动作性微弱到极点，色调也空前灰暗，这是由作品的主题和题材决定的——关于"写作"或"创造"本身遭遇阉割的故事。中篇小说《未来世界》《白银时代》《2015》和《2010》，事件都发生在未来时代，主人公都是作家、画家（知识分子、艺术家），其行动内容都是写作、画画这种抽象而静态的行为，但它们却衍生出一种根本的戏剧性——主人公想象和创作的世界与现实世界的"不允许"之间永远的冲突。"我们总是枪毙一切有趣的东西。这是因为越是有趣的东西，就越是包含着恶毒的寓意。"（《白银时代》）作家将层出不穷的精神阉割和制度禁忌化身为"施虐／受虐"的刑罚游戏、"常装／易装"的变态嬉玩以及"跟踪／反跟踪"的谍战剧码，将权力控制的专断禁锢化为夸张的仪式和黑色的喜剧。权力的规驯与惩罚，最终由于阳物巨大的受罚者欢天喜地的配合，而成为一场普天同庆的狂欢和事与愿违的捣乱。权力对智慧的围追堵截最终化为玩笑一场。但这却是玉石俱焚的玩笑。从叙事的沉重而轻快的双重性中，我们听到了创造者凋零的悲歌和自由的梦呓。

标准

行文至此，便该回答前面提出的问题：冯唐、阿乙、蒋一谈先生对王小波的差评，到底表明"江山代有才人出"，还是"后来者乘乱起哄架秧子"？本人遗憾的答案是：后者。

将三位先生的小说和王小波的放在一起，如下疑问萦回再三：他们果真读过他的作品吗？若未读过，岂可妄言？若真读过，他们说的可是真话？若非真话，岂可欺人？若是真话，他们的评判标准是什么？

如前所引，王小波早说过写作的好坏有"千真万确的标准"，冯唐后来毫无新意地祭出了"文学金线说"，其实讲的是同一常识：文学自有其不可移易的价值标尺——文字的好坏，情感的真假，想象力的凡异，洞察力的强弱，思想结构的繁简，精神骨格的高下……三位青年作家虽各有所成，但在评判前辈王小波时，却未能显示出透彻的理解与公正的考量，相反，只是言必己出，非其所是。

还是回到王小波本身吧。作为他长久的读者，我怀念他写作的巅峰时期。那时他作品的欢快节奏和滂沛想象令人沉醉。但才华的喷薄需要爱的回应与智的砥砺，需要"看见"与"交流"的良性循环。当这种期待长久落空，而禁制的面孔又成为他最后日子里最重要和最日常的内容时，"自由之敌"也就变成他唯一的主题。这主题窒息想象，干涸情感，因此，他人生的绝笔，是未竟的《黑铁时代》。从中我们能看到这位伟大的反讽者在孤独无援的苦痛里，最后的抗争与不变的意志，看到他写给未来的遗嘱：即便无处可逃，也要永不屈服。

2012年7月30日初稿

2022年4月12日修订

王小波与柯希莫男爵

在探讨王小波形象时,我总会想起卡尔维诺《树上的男爵》里两个有趣的怪人:一个是"树上的男爵"柯希莫,一个是强盗贾恩·德依·布鲁基。柯希莫在十二岁时厌倦了地上的生活而跑到了树上,在树上学习阅读,长大成人,急公好义地参与各种人间事务,可就是一会儿也不要过地上的生活,最后攀上热气球坠海而死。他的墓碑上写着:"柯希莫·皮奥瓦斯科·迪·隆多——生活在树上——始终热爱大地——升入天空。"贾恩·德依·布鲁基是个老百姓听见他名字就打战的强盗,和柯希莫结识后,就整日躲在山洞里心无旁骛地看小说,他以前的同伙却打着他的旗号到处害人。贾恩对喜欢的小说抱有致命的好奇心，这天他从前的两个部下找上门来，抢下他手里的书，威胁他必须去抢税务官家里的税款，否则他们就一页页烧掉他正在看的理查森的《克拉丽莎》。贾恩现在不怕没命，就怕不能知道《克拉丽莎》的结局，只好去了。其时他已变成一个不会作恶的多愁善感之辈，到税务官家里比画了一番，便束手被擒。贾恩不在乎怎么判决他——他知道等着他的是绞刑，而一心想的是由于不能读书，这些日子将在牢里空过了——那部小说只读了一半。好在柯希莫替他解决了难题，天天站在监狱外面的树上念给他听。在行刑的那一天，他还差菲尔丁一部小说的结尾没有读完。当绞索套上贾恩的脖子时，柯希莫出现在他面前的树上。

"告诉我他的下场。"犯人说。

"把这样的结局告诉你，我很难过，贾恩。"柯希莫回答，"乔纳丹最后被吊死了。"

"谢谢。我也是这样。永别了！"他自己踢开梯子，被勒紧了。

在我看来，王小波就是那位"树上的男爵"柯希莫，对"大地上的事情"一清二楚，热心参与，但他一刻也未离开"树上"——那是他毕生的立场，让自己超越在人类的陈规所构成的思维边界——"地面"——之上。柯希莫的"心中有一个关于人类社会的理想。每次当他着手把人们联合起来……他就在那棵树上演讲,总是会产生一种密谋的、宗派的、异端的气氛,在这种氛围中他的话题很容易从具体讲到一般,从关于从事一种手工技艺的简单规章制度浑然不觉地谈起建立一个公正、自由、平等的世界共和国的蓝图"。这是一段有趣的描述,使我想起王小波生前,在我和他几次有限的会面里,也弥漫过这种不法分子暗自接头的诡秘而"异端的气氛"。这种气氛源于对不能以"合法"面目出现的某种美好事物的相同爱好——爱好者对这种事物既抱有顽固的信念,又对它目前难以改变的压抑处境(包括自己)感到可笑,"诡秘而异端的气氛"即由此而来。这种美好的事物,用卡尔维诺的话说叫作"天空",用王小波的话说,叫作"智慧"。柯希莫临死之前也要攀上热气球飞上天空,这种姿态和毕生追求智慧的王小波相比,有最大的神似之处。

至于强盗贾恩,我认为许多自觉的"王小波追随者"(借用《南方周末》2002年4月11日提出的一个概念)和他有最大的神似之处。而归根到底,这也是和王小波的神似之处:在遇见柯希莫之前,贾恩孜孜于夺取世俗的财富;遇见柯希莫之后,贾恩沉迷于虚幻的精神世界,将一切俗念置之度外;即使死神降临,也不能扑灭他对这"精神世界"的好奇心。我这么说便陷入了一种逻辑上的混乱:到底王小波像柯希莫,还是像贾恩?到底我们像贾恩,还是像王小波？其实我的意思是说：谁像谁并不重要，重要的是卡尔维诺揭示了人性之中这一不朽的天真——一个人一旦纵身跃入"智慧"的天空，他就会最大限度地超越自我，超越功利，超越一切人为设置的价值樊篱，而将自我全部投入于不可遏止的认知与创造冲动之中。这就是贾恩临终前"谢谢。我也是这样。永别了！"的动人之处。这也是柯希莫、贾恩、王小波和"王小波追随者"的最大神似之处。人类一旦专注于纯粹的认知和创造，他就会超越一切思维的边界，在追求智慧的道路上做出更加自由和美好的事情。王小波以他卓异的写作，在中国实现和提醒了人之存在的这一可能，同时，他也一直用他素朴、睿智而节制的声音，试图把这种超越精神从倾听他的人们心中唤醒。在以实用功利主义和泛道德主义为主流价值观的中国，建立和实践与之完全相反的超越实用功利和道德判断的"认知与创造"价值观，是王小波终其一生的道德践履。

在王小波这里，"智慧"首先意味着"认知"，也就是了解世界的本真。既了解自然世界的本真——它属于自然科学的领域，又了解人类社会的本真——它属于人文的领域。只有不断认知本真，才能不断超越陈规和成见所构建的各种思维边界，我以为这是他所有文本的潜台词。他坚持这样一个常识：无论自然科学还是人文领域，探求本真的认知活动都必须"价值中立"。即便是为了捍卫"民族自尊心",也不能背离这一原则,把本民族的文化缺陷以"文化相对主义"的名义说成某种"文化特异性",嗜痂成癖,进而加以美化(见《"行货感"与文化相对主义》《洋鬼子与辜鸿铭》《智慧与国学》等)。作为小说家,"价值中立,追求本真"的认知原则远非王小波的文学实践,却是他的文学伦理,这一文学伦理叫作"见证"——见证历史的真实境况,确切地说,见证"精神历史"的真实境况。"如果决定这样去写似水流年,倒不患没的写,只怕写不过来。这需要一支博大精深的史笔,或者很多支笔。我上哪儿找这么一支笔?上哪儿去找这么多人?就算找到了很多同伴,我也必须全身心投入,在衰老之下死亡之前不停地写。这样我就有机会在上天所赐的衰老之刑面前,挺起腰杆,证明自己是个好样的。但要作这个决定,我还需要一点时间。"(《似水流年》)

王小波以想象力、夸张、荒诞、狂欢、诗意与黑色幽默,而非以忠实于"生活原貌"的记录修辞法,来实现"见证"的伦理。这是他的超越"德性思维"的意图在文学中的现实化。在小说里,他着眼于"个人"在错乱的环境中理性蒙受的损伤、创造力遭受的毁灭以及健康自然的生命状态受到的扭曲,他揭示出这种损伤、毁灭和扭曲所导致的逻辑上的荒谬和理性上的可笑,并以此给予支撑中国几千年(而不只是那个浩劫年代)的反智主义思维以重重一击。而道德的沦落和情感的哀伤,作为理性错乱的结果,只是他举重若轻的小说的微弱余音,但它在敏感心灵中激起的巨大波澜,却远非抒情感伤的文学所能达到。

这种"见证的文学"里有许多精致变幻的文学技巧,其最惊人和独特的一种便是归谬法,即从一个假定其为真的前提出发,经过周密合理的逻辑推论,最后得出一个离奇的结论;由这结论的离奇,使人意识到前提的荒谬与错误;由前提的荒谬与错误,一整套煞有介事的价值体系便得以土崩瓦解,从而在客观上收到"黑色幽默"的效果。将逻辑科学的基本手法如此应用在文学的领域,是王小波在文学上的创举。

举例来说,他的中篇小说《似水流年》写到了一位从美国留学归来想要报效祖国的李博士:"李先生告诉我说,他在大陆的遭遇,最叫人大惑不解的是在干校挨老农民的打。当时人家叫他去守夜,特别关照说,附近农民老来偷粪,如果遇上了,一定要扭住,看看谁在干这不屑而获的事。李先生坚决执行,结果在腰上挨了一扁担,几乎打瘫痪了。事后想起来,这件事好不古怪。堂堂一个doctor,居然会为了争东西和人打起来,而这些东西居然是些屎,shit!回到大陆来,保卫东,保卫西,最后保卫大粪。'如果这不是做噩梦,那我一定是屎壳郎转世了!'"一种只有人在"做噩梦"或者"屎壳郎转世"时才能成立的现实,该是多么的荒谬呢?

王小波后来的小说离开了"文革"题材，转向了"唐人故事"和"未来世界"，表明他已放弃以书写"现实生活场景"来认知和见证历史的意图。有论者据此认为他"从此回避《黄金时代》提出的重大命题""转向对小趣味的关注""要戏谑，要游戏，要操作"（杨健：《中国知青文学史》），我以为这种评价是不准确的。题材虽换，主题未改，而想象力的天空则得以极大的拓展，作为厌倦重复、真正对叙事的"无限可能"抱有雄心的小说家，这一点无疑对王小波具有更大的诱惑力。

想象力对王小波而言，是一个天马行空的领域，但是正如形式主义文论家巴赫金所指出：小说作为一种"社会性杂语"，是"社会性对话的参与者""是对话的继续，是一席对语"，而不是一个从庞杂的社会现实中分离出去的封闭审美空间。如果的确存在一些作为"封闭的审美空间"的小说，那也是"社会性对话"的另一种方式，即"不与对话"。后新时期以来的"先锋小说""私人化写作"就是这种"不与对话"的文学。探讨这种文学"不与对话"的成因、机制和后果，会是一件有趣的事。由最初的"不与合作的缄默"发展为后来的"安全的市场准入"，直至成为一种新的天经地义的"文学本体论"，"不与对话的文学"的功能和身份已经发生了喜剧性的变化。可以解释的是，正是这种文学的"不与对话性"，或者说"不及物性"，构成了中国当代"先锋文学"的主流特征，所以王小波的"对话性"的"先锋文学"，一直在现有的文学格局里无法安置——因为一种内容如此"清晰"（而不是流行的混沌和晦涩）、空间如此广大（而不是流行的驰骋于原子化的私人领域）、手法又如此前卫（甚至比许多前卫的小说还前卫）的文学，实在让习惯了既有的内向的"腹语"的文学体式的批评家们陷入失语。

因此，需要指出的是，王小波的想象力虽然天马行空，但它一直受到他的"见证"和"对话"意识的支配。这种"见证"和"对话"，与其说是出于道德的冲动（索尔仁尼琴式的），不如说是出于"认知的冲动"，出于对智慧的追寻，出于对"成为一个富有创造力的个人"的祈愿。智慧和创造，是王小波的终极价值，但他强调，要获得这两种东西，就必须突破一切思维的禁区，必须直面一切真实的境遇，必须超越所有的价值边界。在长篇小说《寻找无双》序言中，他明确地说："在我看来，一种推理，一种关于事实的陈述，假如不是因为它本身的错误，或是相反的证据，就是对的。无论人的震怒，还是山崩地裂，无论善良还是邪恶，都不能使它有所改变。唯其如此，才能得到思维的快乐。而思维的快乐则是人生乐趣中最重要的一种。本书就是一本关于智慧，更确切地说，关于智慧的遭遇的书。"

小说讲了这样一个故事：唐代建元年间，王仙客到长安寻找表妹无双，想要娶她为妻。第一次找进来时，坊里的人们都表示既不认识他,也根本没听说过有什么无双。至于他说的那座空院子,他们说那是一座废尼庵。王仙客毫不放弃,查明那个院子根本不是废尼庵,坊间人又改口说那是一座空道观,以前住着一个淫荡的女道士鱼玄机,后因其打死自己的使女而投案自首,结果被处死。"寻找无双"的主线这时被鱼玄机的故事岔开,王仙客自身的角色也开始分裂,他在人们的舆论中变成了鱼玄机的老相好,同时他自己也在想象中扮演着对鱼玄机施淫施虐的牢头角色。他迷失于这种幻觉中,分不清自己是谁,也拿不准无双是否存在。后来,无双的使女彩萍的出现唤醒了他的记忆,他和彩萍住进那座空院子,真实的记忆才渐渐苏醒——他的确有一个表妹无双,且她就住过这里,她去哪儿了?王仙客和彩萍在坊间大耍"流氓行径",才逼得道貌岸然的老板们告诉他事实真相:原来某一年无双一家被皇帝指为附逆的罪人,男的被杀,女的被卖,无双被带进掖庭宫了。知道了无双的去向,王仙客便重又踏上寻找的旅途,虽然他很难找到。

整部小说叙事繁复,线索错综,人物夸张多变,风格谐谑多姿,但却直指有关记忆与遗忘、见证与遮蔽、智慧与蒙昧、反抗与合谋、真与伪等多重复合的严肃主题。这个状似戏说的故事"发生在一个逼人装傻、不傻不足以生存的荒诞情境里","失踪的无双是一个事实,涉及到已知与未知,寻求无双的过程是由已知推及未知。这一认知能力，是我们所说的智慧。可是智慧如何能生长呢？所有的知情人都不说实话"，而只维护着一种"瞒"和"骗"的生活。（艾晓明：《寻找智慧》）

但是，只要王仙客坚持这种对智慧的寻求，他就会无限地接近真相，他就会因为接近真相而自觉地成为权力愚弄的反抗者。他的出发点既不是寻求一种政治，也不是寻求一种道德，而是寻求无穷无尽的智慧、自由、爱与美。雅斯贝尔斯这样概括苏格拉底："这里我们发现一条规则，它不是什么狂热，而是对摆脱伦理教条的最大渴望。这条规则是：坚持你的心灵对一种绝对的开放。"王小波笔下的主人公"作为他的第二自我"（李大卫语），也是如此。他们永远是僵化秩序的捣蛋鬼（看看那一个又一个王二吧），他们永远是内心炽热的创造狂（看看发明开平方根机、证费尔马定理的李卫公，看看为迎娶红线打造囚车的薛嵩），他们在这个世界上永远戴着两张脸：一张是玩世不恭、歪歪扭扭的"坏种"的脸，他坏给皇帝、警察、军代表和道德教师看；一张是爱意澎湃、智慧勃发的至善的脸，他"善"给红拂、红线、陈清扬和白衣女人看——不，不只是给她们看，他把自己完全地献给她们，她们这智慧、有趣、性与美的化身，他的心灵所永远为之开放的"绝对"。

这真是中国文学里从未存在过的主人公，正如王小波是中国文化里从未存在过的作家一样。在这块难以超越的土地上，王小波偏偏超越在传统的边界之上，彻底摧毁了"智慧"在"道德"面前与生俱来的原罪感，这是他作为杰出作家无比卓异的道德实践。关爱大地的柯希莫男爵升上了天空，热爱智慧的王小波则为年轻的后来者永远开启了智慧和有趣之门。即便他已离去，这扇大门也永不会关闭。

2002年4月16日

王小波：智慧的诗学

在王小波生前，我曾经告诉他，读他的作品时总是忍不住要笑，他面呈腼腆的得意之色。然后我问他自己写时笑不笑，他摇摇头："我笑不出来。"

举例来说，在他的小说《革命时期的爱情》里讲了这样一件事：军训教导员给大家做忆苦报告，讲到一个风雪的除夕之夜，他和姐姐出去讨饭，忽然在白雪覆盖的路上捡到一只烤白薯。拿回家来一咬，哪里是烤白薯，分明是一根屎橛子。会后大家就该屎橛子展开讨论，"我"说："这说明在万恶的旧社会，穷人不但吃糠咽菜，而且还吃屎喝尿。"X海鹰批评"我"觉悟太低，她发言道：

那根屎橛子是被一个地主老财拉在那里的,而且蓄意拉成一个烤白薯的样子,以此来迫害贫下中农。换言之,有一个老地主长了一个十分恶毒的屁眼,需要把他揪出来。然后"我"议论道:"对于屎橛子能做如此奇妙的推理,显然是很高级的智慧,很浪漫的情调。不必实际揪出那个老地主,只要揭穿了他的阴谋,革命事业已经胜利了。而认真调查这个屎橛子,革命事业却有可能失败。"读到这里时我狂笑不止,折服于王小波的黑色幽默。他就是这样让人在笑声中认识到荒谬的本质的。在笑声中,幽默成就了智慧对野蛮的胜利。但是我知道他自己确实笑不出来。正如他在另一篇小说《似水流年》中所说:"在我看来,人生最大的悲哀,在于受愚弄。"在他把智慧的笑声抛洒给旁观者时,他自己承受的是生命荒芜、智慧受辱的悲哀。他正是在对这种悲哀的一再回味中,形成了自己独特的艺术伦理——为智慧而生,也为智慧而死;凡背离理性、扼杀智慧者,皆在他反讽之枪的射程之内。因此,描写智慧的处境,呼吁智慧的尊严,是王小波所有写作的主题,这使他的小说呈现出与现实对话的形态;同时,出于对智慧的痴迷和实践,他力求"穷尽形式的一切可能性",从而在他的小说中遍布精致繁复的技巧,这又使他接近于一个唯美主义者。

  如果我们对中国文学的精神气质有一个整体的把握,那么就会明白,王小波为中国文学贡献了一个罕有而又亟需的精神维度。这样说决不是感情用事的夸大其词，而是出于一种不愿矫饰的诚实态度。中国文学的传统就是关注现实人生，与中国哲学一道，把思考人事作为自身唯一的使命。因此，我们的文化传统是以道德化（儒）和顺生论（道）为主体的。这种传统在经历了"五四"、抗战、内战、新中国成立、反"右"、"文革"、新时期、"后新时期"以后，仍然顽强地成为当代主流文学的精神，并形成了以感伤、教化和现世主义为主的美学风格。从根本上说，这种传统致力于生命的存活和权力的维系，缺少一种不计利害得失地探寻客体奥秘的精神冲动和心智能力——而这恰恰就是王小波为之生也为之死的智慧。智慧以主角的身份进入了王小波的小说，王小波的小说以被主流文学人视而不见、被真正的智慧爱好者争相传诵的传奇身份进入了当代文学史，这一事实使我们更加清晰地看到了王小波为中国文学贡献的精神维度——自由、理性、幽默与反讽，或可称之为智慧创造精神。她是健康的人类应当具有而中国文化传统与现时文学却无力提供的精神财富。因为几千年来的匮乏，我们几乎丧失了渴望创造和欣赏智慧的能力。王小波坎坷不平的被接受的历史，就证明了这一点。

我曾经去拜访过一位中年知识分子，彼时他正在读王小波的《红拂夜奔》。他的样子看起来很气愤，指着书中的一段说："岂有此理！荒唐无礼！历史小说怎能写成这种样子！"我仔细一看，那一段是这么写的："（李卫公）晚上回了家以后……就跑到小酒馆或土耳其浴室一类的地方，和波斯人、土耳其人，还有其他一些可疑人物讨论星相学，炼丹术等等，有时还要抽一支大麻烟。那种地方聚集着一些自以为是知识分子的人，而且他们每个人都自以为是世界上最后一个知识分子。那些人都抽大麻，用希腊语交谈，搞同性恋；除此之外，每个人都像李靖一样招人恨。他们就像我一样，活着总为一些事不好意思，结果是别人看着我们倒觉得不好意思了。"一幅将格林威治村、土耳其浴室和古长安融为一体的儿童漫画。《红拂夜奔》就是一个智慧的游戏、思考的玩笑和想象力的结晶，用王小波的话说，它体现了"一种破茧而出的努力"。面对这样的读者，我无言以对。我怎能对他说"人类需要享受宇宙的广大和想象力的自由，而王小波就是这样一个自由的创造者"？

但是我相信，在时间面前，智慧是不朽的。因此，虽然王小波再也收不到我们对他的怀念与敬意，虽然文坛的"执法人"还未看到王小波的意义和价值，然而时间会代替我们判断这一切。

1997年10月

反对哲人王
重读王小波杂文

王小波（1952年5月13日——1997年4月11日）用杂文表达他的"信"，以小说承载他的"疑"。20世纪90年代后期以来，这位"文坛外"作家黑色幽默的文学风格和爱智恶愚的价值信念对国人影响日深，他所凝聚的精神能量，在当下话语空间中日益彰显，并将深刻地影响中国的未来。但也正因王小波"超文学"的影响力，他作品的"文学性"反倒成为屡遭争议的话题——在一些文学研究者的描述里，他是被中国思想界和大众传媒按需塑造、联手推出的一个自由主义文化偶像，其符号价值远高于文学价值。我不认为这是一个确切公正的判断。相反，正是文学魅力、精神人格与思维智慧的"三位一体",构成了王小波的作品,并沉默地召唤着后来者走上他的"牵牛花之路"。这是一个长久的历程,现在还刚刚开始。生命之血写就的文字,必不会被生命所辜负——宇宙的公正,绝非转瞬即逝的人世浮嚣所能湮没。

王小波一生写作了以"时代三部曲"(《黄金时代》《白银时代》《青铜时代》)和《唐人故事》等为代表作的30余部长中短篇小说,150余篇、35万字的杂文随笔,以及舞台剧本、电影剧本和社会学著作(与李银河合著)等多种文类。杂文随笔乃是王小波小说写作的余墨,也是他参与生活的方式——他以此表明"对世事的态度","这些看法常常是在伦理的论域之内"[1]。他申明,在此领域里,首先要"反对愚蠢",因为"在我们这个国家里,傻有时能成为一种威慑";其次,他"还想反对无趣,也就是说,要反对庄严肃穆的假正经"[2]。"假如一个社会的宗旨就是反对有趣,那它比寒冰地狱又有不如……罗素先生说,参差多态乃是幸福的本源——弟兄姐妹们,让我们睁开眼睛往周围看看,所谓的参差多态,它在哪里呢。"[3]

当代杂文乃是针砭时弊、干预社会、关切民生的一种

---

[1] 王小波:《〈思维的乐趣〉自序》,见《王小波文集》第4卷,中国青年出版社1999年9月,第338页。以下对王小波的引文皆据此书,均只注篇名和页码,不具书名。

[2] 王小波:《沉默的大多数·序言》,第2—3页。

[3] 王小波:《沉默的大多数·序言》,第3—4页。

文类，王小波杂文的卓异之处在于：他以独有的声腔和文体，把"智慧"和"有趣"破天荒地纳入社会伦理论域，同时，他也一再把道德判断转换为智力判断，由此突破了社会伦理探讨的单一道德向度："伦理道德的论域也和其他论域一样，你也需要先明白有关事实才能下结论，而并非像有些人想象的那样，只要你是个好人，或者说，站对了立场，一切都可以不言自明。"[1] "智慧"作为蒙昧之敌，在王小波的作品里受到了无以复加的拥戴——它成为道德的前提，更是道德本身，而与道德灌输势不两立："假设善恶是可以判断的，那么明辨是非的前提就是发展智力，增广知识。""我认为低智、偏执、思想贫乏是最大的邪恶。""假如上帝要我负起灌输的任务，我就要请求他让我在此项任务和下地狱中做一选择，并且我坚定不移的决心是：选择后者。"[2]在在显示出他毫不退却的启蒙主义者立场。

在启蒙主义屡遭清算的今日，重温"启蒙"的如下原则也许不失公平："启蒙肯定理性，认定一己以及共同生活的安排，需要由自我引导而非外在（传统、教会、成见、社会）强加；启蒙肯定个人，认定个人不仅是道德选择与道德责任的终极单位，更是承受痛苦和追求幸福的最基本的单位；启蒙肯定平等，认定每个人自主性的

---

[1] 王小波：《道德保守主义及其他》，第80—81页。

[2] 王小波：《思维的乐趣》，24—25页。

选择，所得到的结果，具有一样的道德地位；以及启蒙肯定多元，肯定众多选项。"[1]启蒙信念贯穿着王小波的写作，但他几乎不用这一居高临下的词语，而是以中性的"智慧"一词代替。在他那里，"智慧"非关中国传统式的机诈权谋、兵法思维，而与古希腊哲人"探寻万物之理"的超功利求索同义："追求智慧与利益无干，这是一种兴趣。"[2] "很直露地寻求好处，恐怕不是上策。"[3] "智慧永远指向虚无之境。从虚无中生出知识和美；而不是死死盯住现时、现事和现在的人。"[4]而追寻智慧之路，"用宁静的童心来看……是这样的：它在两条竹篱笆之中。篱笆上开满了紫色的牵牛花，在每个花蕊上，都落了一只蓝蜻蜓……维特根斯坦临终时说：告诉他们，我度过了美好的一生。这句话给人的感觉是：他从牵牛花丛中走过来了。虽然我对他的事业一窍不通，但我觉得他和我是一头儿的。"[5]他用如此不竭的热情，恳请读者看到：智慧乃是人类幸福的源泉和爱的渊薮。

王小波的每篇杂文皆是他与社会思潮直接碰撞对话的结果，概括起来，大体涉及五个范畴：

---

[1] 钱永祥：《纵欲与虚无之上——现代情境里的政治伦理》，转引自崔卫平：《海子与王小波》，见于《当代作家评论》2007年第2期。
[2] 王小波：《智慧与国学》，第107页。
[3] 王小波：《智慧与国学》，第106页。
[4] 王小波：《跳出手掌心》，第64页。
[5] 王小波：《我的精神家园》，第311—312页。

针对20世纪90年代"人文精神讨论"中,知识分子话语凸显的权威欲和泛道德化倾向,王小波申明了他对知识分子环境与责任的看法——知识分子的职责是"面向未来,取得成就"[1],而非成为辅助权力统治、营造精神牢笼、专事道德判断的"哲人王"。"在我看来,知识分子可以干两件事:其一、创造精神财富;其二,不让别人创造精神财富。中国知识分子后一样向来比较出色,我倒希望大伙在前一样上也较出色。'重建精神结构'是好事,可别建出个大笼子把大家关进去,再造出些大棍子,把大家揍一顿。"[2]对知识分子来说,"不但对权势的爱好可以使人误入歧途,服从权势的欲望也可以使人误入歧途"[3]。至于能否创造、创造什么,则主要取决于知识分子"周围有没有花剌子模君王这样的人"[4]("花剌子模君王"的典故出自王小波著名的《花剌子模信使问题》一文,用以喻示无法面对真相、压抑精神自由的反智权力者——李注)。只要这种压抑自由的反智环境存在着,则知识分子为了保全自身,多数人当然会变得"滑头"。由此可以逆推出一个结论:若有人发现自己被"花剌子模君王"关进了"老虎笼子",

---

[1] 王小波:《跳出手掌心》,第65页。
[2] 王小波:《道德堕落与知识分子》,第70—71页。
[3] 王小波:《理想国与哲人王》,第117页。
[4] 王小波:《花剌子模信使问题》,第46页。

反对哲人王

则可以断言，他是个真正的知识分子[1]。反智威压固然可怕，但是，"只要你不怕做烤肉，就没有什么阻止你说俏皮话"[2]——王小波如此表述才智之士对人类精神事业的生死相许，同时也含蓄表达了他的个人信念。《思维的乐趣》《花剌子模信使问题》《中国知识分子与中古遗风》《道德堕落与知识分子》《知识分子的不幸》《跳出手掌心》《论战与道德》《理想国与哲人王》等为此一论域的代表之作。

针对国学热、文化相对主义和狭隘民族主义的泛滥，王小波立足于个人自由、平等和创造的立场，批判中国传统文化的根本弊病——"中国文化的最大成就，乃是孔孟开创的伦理学、道德哲学……这又造成了一种误会，以为文化即伦理道德，根本就忘了文化该是多方面的成果——这是个很大的错误"[3]。孔孟哲学"拢共就是人际关系里那么一点事"[4]，不能容纳整个大千世界，更不能指望它去拯救全世界——这种想法纯粹是民族虚荣心的产物。他还援引古今大量的荒诞事实和荒谬思路，指出中国传统的思维方式有急功近利的倾向；中国文化对于物质生活的困苦，提倡了一种消极忍耐的态度；中国的文化传统里没有平等——从打孔孟到如今，讲的全是尊卑有序，

---

[1] 王小波：《花剌子模信使问题》，第50页。
[2] 王小波：《文明与反讽》，第356页。
[3] 王小波：《我看文化热》，第84页。
[4] 王小波：《我看国学》，第103页。

这也是为什么中国无法产生科学的原因……面对甚嚣尘上的国学热，王小波果敢做出诛心之论："儒学的魔力就是统治神话的魔力。"[1]"这些知识的确有令人羞愧的成分，因为这种知识的追随者，的确用它攫取了僧侣的权力。"[2]现在我们需要警惕的是，"僧侣的权力又在叩门"[3]。此语衡之今日，依然令人心惊。《智慧与国学》《对中国文化的布罗代尔式考证》《文化之争》《"行货感"与文化相对主义》《人性的逆转》《警惕狭隘民族主义的蛊惑宣传》等是此一论域脍炙人口的名篇。

针对90年代国内外盛行的"'文革'是一场实现激进民主、抵抗资本主义和'现代性'的伟大实验"这一"新马"派论断，王小波用黑色幽默的笔法，直接诉诸自己创伤荒谬的"文革"经验，将这一浩劫对个人价值、自由、智慧和道德的戕害，举重若轻地勾勒出来。需要注意的是，王小波的反思并非对"文革"作一时一事的具体评价，而是对浩劫背后反智主义文化逻辑的彻底清算。同时，有些篇章还探讨了这样的问题：无论社会环境如何荒谬残酷，个人都需对自己的行为负责，这是人之为人的底线，绝非把责任推卸给"那个时代"所能了事；个人也时刻拥有选择沉默和保持人性的机会，只要他能抵御

1　王小波：《文化之争》，第86页。

2　王小波：《文化之争》，第89页。

3　王小波：《文化之争》，第90页。

"话语权"的诱惑，站在"沉默的大多数"一边。《沉默的大多数》《积极的结论》《一只特立独行的猪》《肚子里的战争》《弗洛伊德和受虐狂》等是代表之作。

有关文学、艺术、科学和人文的一般性观念探讨，在王小波杂文随笔中也占据相当大的比例。有感于中国纯文学的幽闭、世故和说教，王小波尖锐批评其"无智无性无趣"，坦陈自己的文学观与之相反——智慧、性爱和有趣，是他写作的价值前提，"我总觉得文学的使命就是制止整个社会变得无趣"[1]。这是因为，"有趣是一个开放的空间，一直伸往未知的领域，无趣是个封闭的空间，其中的一切我们全部耳熟能详"[2]。他自承他的小说是对人的生存状态的反思，"其中最主要的一个逻辑是：我们的生活有这么多障碍，真他妈的有意思。这种逻辑就叫做黑色幽默"[3]。《关于格调》《〈怀疑三部曲〉序》《我的师承》《我为什么要写作》《文明与反讽》《有与无》《我的精神家园》《生活和小说》等是此一论域的代表作。有感于社会学研究（让他感到切肤之痛的是他和李银河共同参与的同性恋研究）过程中的阻力与禁忌，他申说人文研究的诚实原则，代表作有《〈他们的世界〉序》《诚实与浮嚣》等。有感于我国文化和出版"就低不就高"、将成人当幼童来对

---

1 王小波：《文明与反讽》，第358页。

2 王小波：《〈怀疑三部曲〉序》，第332页。

3 王小波：《从〈黄金时代〉谈小说艺术》，第319页。

待的内在逻辑，他提出知识环境的成熟原则，指出"科学和艺术的正途不仅不是去关怀弱势群体（此处的'弱势群体'指才智方面，非指物质生存能力方面。——李注），而且应当去冒犯强势群体"[1]。"现代社会的前景是每个人都要成为知识分子，限制他获得知识就是限制他的成长。"[2] 此论题的代表作有《摆脱童稚状态》《椰子树与平等》《艺术与关怀弱势群体》等。

在漫谈大众文化和中西日常生活时，揭示隐含其中的传统价值观的压抑性，张扬个人尊严、自由与创造力，也是王小波杂文的重要方面。这些文章为报刊专栏而写，皆短小精悍，举重若轻，直捣问题的核心。例如，他用设问句回答为什么中国没有科幻片："我这部片子，现实意义在哪里？积极意义又在哪里？"[3]——在如此刻板诉求下是不可能产生自由游戏的科幻电影的。从春运高潮的种种窘况中，他感到中华文化传统里没有"个人尊严"的位置，"一个人不在单位里，不在家里，不代表国家、民族，单独存在时，居然不算一个人，就算是一块肉。这种算法当然是有问题"[4]。他从对Internet"不良信息"的控制，步步后退地推导假设，最后引申出一个冷峻的道德难题：在

---

1 王小波：《艺术与关怀弱势群体》，第452页。
2 王小波：《摆脱童稚状态》，第260页。
3 王小波：《中国为什么没有科幻片》，第415页。
4 王小波：《个人尊严》，第485—486页。

看似"与己无关"的他人权利屡遭压缩之时,你是否可以无愧地赞成这种压缩?"五十多年前,有个德国的新教牧师说:起初,他们抓共产党员,我不说话,因为我不是工会会员;后来,他们抓犹太人,我不说话,因为我是雅利安人;后来他们抓天主教徒,我不说话,因为我是新教徒……最后他们来抓我,已经没有人能为我说话了。"[1]王小波的答案不言自明。

因坚决反对伪道学、假正经,王小波一口咬定他的杂文"也没什么正经"。但综上所述可以见出,他的杂文不但"正经",而且简直可以说是布道——布爱智恶愚之道,布精神成熟与自由创造之道。他的杂文游走于个体与人类、外向与内省、幽默与严肃、情感与理智、常识与哲学、逻辑与悖谬……的多重张力之间,形成了他风格独具的"小波体"。

"小波体"的布道一反惯常说理文章独白式的教师口吻,而用和读者平等聊天的"说书人"口气行文;一反直接说理的中心化论证方式,而以"去中心化"的曲线叙事与故实暗寓,将他的道理、意图点到为止。此种写法的背后,是王小波对个人理性的信赖和对教条灌输的拒绝。他的文章往往以自身经历或一个故事开篇,经过出人意料的联想、类比或逻辑推论,导向一个貌似怪诞、引人深思的

---

[1] 王小波:《从Internet说起》,第396页。

结论。比如《沉默的大多数》是这么开头的："君特·格拉斯在《铁皮鼓》里，写了一个不肯长大的人……"[1]《思维的乐趣》的第一句话："二十五年前，我到农村去插队时，带了几本书……"[2]《花剌子模信使问题》起首便是："据野史记载，中亚古国花剌子模有一古怪的风俗……"[3] 看文章的开头和行文的过程，读者无法猜测他最终意图何在，但正是这种摇曳生姿的叙事和意图不明的悬念，引人读毕全文，领会他的谛旨——然而他并不言之凿凿地宣称此一谛旨绝对正确，而只是给阅读者提供一个伦理选项，选择与否全在阅读者自己。这是一位自由主义者的文体态度。顽皮的小说笔法与简朴的哲学思维交互穿插，使他的伦理之辩成为一场清新的旅行。

幽默思维是王小波杂文最魅人之处，它在逗人大笑之际，凸显现实生活的荒谬逻辑，从而爆发出醒世的力量。幽默是内庄外谐，既需以温和宽厚的态度作底，又需有发现"理性倒错"的毒眼和制造"反转突变"的巧智。幽默之"笑"往往产生于对比——经验理性和荒谬现实的对比，僵硬理念和真实经验的对比，惯性思维与意外现实的对比……但这些"对比"唯有以波澜不惊、不动声色的"突转"方式出现，才能产生幽默感。王小波是发现"倒

---

1 王小波：《沉默的大多数》，第5页。

2 王小波：《思维的乐趣》，第19页。

3 王小波：《花剌子模信使问题》，第45页。

错"和制造"突转"的高手。比如，他讽刺文化生产者为了拒斥批评而把自己的动机神圣化，"就像天兄下凡时的杨秀清"[1]，笔锋一转，提起北方小城的一群耍猴人："他们也用杨秀清的口吻说：为了繁荣社会主义文化，满足大家的精神需求，等等，现在给大家耍场猴戏。我听了以后几乎要气死——猴戏我当然没看。我怕看到猴子翻跟头不喜欢，就背上了反对社会主义文化的罪名……"[2]针对以"格调"之名阉割真实表达的文艺假正经，王小波举电影《庐山恋》为"格调高雅"的范例："男女主角在热恋之中，不说'我爱你'，而是大喊'I love my motherland!'场景是在庐山上，喊起来地动山摇，格调就很高雅，但是离题太远"，这是因为，"当男主角……对着女主角时，心中有各种感情：爱祖国、爱人民、爱领袖、爱父母，等等。最后，并非完全不重要，他也爱女主角。而这最后一点，他正急于使女主角知道。但是经过权衡，前面那些爱变得很重，必须首先表达之，爱她这件事就很难提到……我记得电影里没有演到说出'I love you'，按照这种节奏，拍上十几个钟头就可以演到……"[3]以一本正经的态度罗列个体情感之上的假正经枷锁，并以假正经逻辑对男女主角的处境进行貌似严肃的思考，已经让人对荒谬的

---

[1] 王小波：《论战与道德》，第76页。
[2] 同上。
[3] 王小波：《关于格调》，第350页。

现象忍俊不禁，最后"不经意"抛出的这句"拍上十几个钟头就可以演到"，则彻底把假正经之庄严肃穆颠覆干净，还其可笑面目。

　　逻辑思维是"小波体"的躯干部分，效果最强烈者莫过于逻辑归谬法——从一个错误的前提出发，经过煞有介事的逻辑推衍，最后得出荒诞的结论，由此揭示出前提的荒谬之处。仍以《关于格调》为例，王小波从格调最为"高雅"、主张男女授受不亲的孟子说起："孟子说，礼比色重，正如金比草重。虽然一车草能比一小块金重，但是按我的估计，金子和草的比重大致是一百比一……这样我们就有了一个换算关系，可以作为生活的指南……"[1] 接下来他又引入了"定类""定序""定距"和"定比"四种科学分类法，对"格调"内部"礼"与"色"之比例进行了"细致推算"："一份礼大致等于一百份色。假如有一份礼，九十九份色，我们不可从权；遇到了一百零一份色就该从权了。前一种情形是在一百和九十九中选了一百，后者是从一百和一百零一中选了一百零一。在生活中，做出准确的选择，就能使自己的总格调得以提高"[2]。经过这么一番精密的"逻辑论证"，假正经的"格调"说便不攻自破了。

　　此外，逻辑的客观、明晰与层层推进的力量，构成

1　王小波：《关于格调》，第349页。
2　同上，第350页。

了王小波每篇杂文的骨骼，同时，它也为读者搭建了一个间隔激情、理性判断的空间。在这一切的背后，是求真的科学精神、求善的理想主义和求美的诗意心灵的结合，由此可以见出作家王小波辽阔超越的精神视野。对于我们时代所遭逢的重大精神主题，他剑走偏锋地直面、分享并承担在他的作品中，他的批判理性、幽默天才、自由信念和智性思维构成了这些作品难以抗拒的魅力，这也是他引起国人如此持久而强烈共鸣的原因。作为一位文化精英主义者和政治平民主义者，他的杂文深深关切"自由创造"与"权力压抑"之间的紧张关系。他揭示了我们生活中一个习焉不察的真理：权力罪孽的本质不在遥不可及的宏大方面，而在它对每个人的自由创造力的无形戕害——个人创造力乃是个人与宇宙、有限与无限、虚空与意义的真实连接点，吞噬它，等于吞噬掉人之为人的根本理由。

　　王小波的杂文就这样无意间扮演了"重估一切道德"的角色，并提醒人们在智慧的增进中孕育勇气与救赎。这种提醒的背后，涌动着连他自身也无法解释、无法证明的先验存在——一种无目的、无对象、无止歇的大爱。正是此爱，造就了他的智慧与成熟，并将它们缓缓传递至我们的手中。

2007年9月

有关"王小波的科学精神"

编辑先生要我谈谈"王小波的科学精神",这真是个好话题,因为它可以澄清一些似是而非的想法。比如说,有人认为"科学精神"就是为了国富民强而刻苦学习科学知识的精神,但在王小波看来,其实不是的。再比如说,有人觉得"科学精神"就是把神秘多姿的大千世界解释成"1、2、3"的刻板习惯,在王小波看来,其实也不是这样的。还比如说,有人以为"科学精神"就是专属于科学家的某种精神,在王小波看来,事实更非如此。他说过:"有科学的技能,未必有科学的素质,有科学的素质,未必有科学的品格。科学家也会五迷三道。"

当然，王小波的这些话是说在1995年，那时他针对的不是五迷三道的科学家，也不是陷入迷信之中的普通百姓，而是由于他认为，"一个人胸中抹煞可信和不可信的界限，多是因为生活中巨大的压力。走投无路的人就容易迷信，而且是什么都信……比方说，让我是个犹太人，被关在奥斯维辛，此时有人说，他可以用意念叫希特勒改变主意，放了我们大家，那我不仅会信，而且会把全部钱物（假如我有的话）都给他，求他意念一动……所以我对事出有因的迷信总抱着宽容的态度"。（不过他还是觉得，"虽然原因让人同情，但放弃理性总是软弱的行径"。）他最不能放过的，是那些跟"装神弄鬼，诈人钱物"的巫婆神汉差不多的文化骗子，"为了一点稿酬就来为害人间"的"生命科学大师"。既然这些人在著书立说时传播邪道，他也就用同样的方法为科学辩护。

王小波为科学辩护的主题之一，是"怎样看待科学"。"我的老师说过，科学对中国人来说，是种外来的东西……始则为洪水猛兽，继而当巫术去理解，再后来把它看成一种宗教，拜倒在它面前。他说这些理解都是不对的，科学是个不断学习的过程……我所能补充的只是：除了学习科学已有的内容，还要学习它所有、我们所无的素质。"何谓"科学的素质"？那就是平等和自由。"科学和人类其他事业完全不同，它是一种平等的事业。真正的科学没有在中国诞生……是因为中国的文化传统里没有平等：从打孔孟到如今，讲的全是尊卑有序。上面说了，拿煤球炉子可以炼钢，你敢说要做实验验证吗？你不敢。炼出牛屎一样的东西，也得闭着眼说是好钢。在这种框架之下，根本就不可能有科学。"而"科学的美好，还在于它是一种自由的事业……参与自由的事业，像做自由的人一样，令人神往"。科学不会因为某位领导要倡导一个某某学，就会说这个某某学是真正的科学。"科学就是它自己，不在任何人管辖的范围之内。"所以，一个人即使对科学技术并无太多了解，也会因为他一生捍卫自由、平等和真理，而成为一个具有科学精神的人；相反，我们说某位造诣颇深的科学家没有科学精神，则可能是因为他在权力面前修改了自己正确的结论。

王小波为科学辩护的主题之二，是"学习科学的出发点是什么"。"现在的年轻人大概常听人说，人有知识就会变聪明，就会活得更好，不受人欺。这话虽不错，但也有偏差。知识另有一种作用，它可以使你生活在过去、未来和现在，使你的生活变得更充实、更有趣。这其中另有一种境界，非无知的人可解。不管有没有直接的好处，都应该学习——持这种态度来求知更可取……抱着封闭的态度来生活，活着真的没什么意思。"在他看来，求知是为了满足好奇心，是为了尽一切可能求得对宇宙万物的丰富了解。以功利的态度学习科学，就使科学变了味，跟一把刀子、铲子差不多，最后沦为工具。

因此或许可以说，"王小波的科学精神"并非多么了得和深奥，仅仅是一种生活的态度而已，但这种生活的态度，却是要良知和勇气垫底的。而良知和勇气貌似也没什么了不起，就像王小波这个人，穿着一身平常的衣服，平淡地穿行于这个城市之中。

1997年11月

王小波的遗产

1997年4月2日,我坐在王小波君的家里,翻看他刚办来不久的货车驾驶执照。"实在混不下去了,我就干这个。"他对我说。我看了看他黑铁塔似的身躯,又想了想他那些到处招惹麻烦的小说和杂文,觉得他这样安排自己的后半生很有道理。于是我对这位未来的货车司机表示了祝贺,然后,拿了他送我的《小说界》第二期(那上面有他的小说《红拂夜奔》),告辞出来。他提起一只旧塑料暖瓶,送我走到院门口。他说:"再见,我去打水。"然后,我向前走,他向回走。当我转身回望时,我看见他走路的脚步很慢,衣服很旧,暖瓶很破。

那是王小波君留给一个热爱智慧和有趣的年轻人的最后的背影，一个寥落、孤独而伤感的背影。那时我想起他跟我说过的两句话。一句是："我的大半生都在抑郁中度过。"一句是："我是一个自由主义者。"在我凝望他背影的瞬间，我似乎咀嚼出这两句话之间必然的关系。但那只是一瞬间的事，然后我就快乐地想：在这个沉闷无聊的世界上，还有这样一个智慧而有趣的人，是多么好呵！

十几天后，在贝多芬的《葬礼进行曲》声中，我来向这位独一无二的作家朋友做最后的告别。我呆呆地望着他四周的鲜花和人群，问自己：如果世界上没有了这个智慧而有趣的人，我还能不能一如既往地热爱它？我闭上眼睛，不敢回答。

王小波君离去得太早了！他还没来得及把自己最卓越的想象力和创造力铸造成他最满意的作品，就匆匆地走了。正如他突然在中国文坛上横空出世一样，他又突然寂静无声地消隐在苍茫的天际。谁也无法理解，造化这么干，到底是为了什么？

现在，我们只能强忍着哀痛，来面对他留给我们的至真至美的遗产。那是不多的几本书，难得的好文字——小说集《黄金时代》《白银时代》《青铜时代》和杂文集《思维的乐趣》。有的书已经出了，有的正在出。有的原先散落在各种报刊上，有的只存在他的电脑里。他本打算接着写《黑铁时代》的，但上帝的召唤太急迫，此刻他只能坐在天国的键盘边,把它们叮咚地敲响。

而我们的耳边仍在回荡他那独一无二的声音。那是一个特立独行的中国知识分子的声音,同时也是一个既不庄重又不雅驯、闹腾得天翻地覆的捣蛋鬼的声音。这个声音令我们大笑,因为它幽默、有趣;也令我们流泪,因为那幽默是黑色的,那有趣的背后却盘踞着无边而滞重的无趣。那片无边而滞重的无趣是他的仇敌,也是他此生抑郁和孤独的根源。为了与这个仇敌对着干,他放弃了一切从它那里获得安适的可能,冷静而从容地坐在它的对面,做鬼脸,说俏皮话,把它从庄严的宝座上提溜下来,让大家看清楚它到底有多傻,有多疯。

在我们这个吵吵嚷嚷、动辄反目成仇的文化圈,还有谁只为一个抽象的仇敌而拼杀、而愤怒、而冷笑的吗?有,那就是王小波。他的仇敌是什么?——那片无边而滞重的无趣是什么?是我们严重畸形的文化心理与文化现实。孔子说:久居鲍鱼之肆,不闻其臭。当我们置身于畸形的文化现实中时,往往不闻其臭;王小波却不能。他经历过最疯狂的年代,也见识过最理性的文明,他认定:追求智慧和有趣,乃是人类前途之所系。这一真理的背后,是对理性、自由、个人的独立与创造的极度高扬。

这本应是人之为人的一个最基本的起点,一个最简单的共识,然而在我们的时空下,它的存在却异常脆弱。它被数千年来延续至今的反智主义、实用功利主义和假正经包围着。王小波的不可替代，在于他始终以嬉戏禁忌的方式，毫不退缩地向这种无趣而强势的存在讨还这个起点和共识。他的做法是与这种无趣反其道而行之：他厌恶我们的文化中"无智无性无趣"的部分，于是在他的小说中，就充满了智慧、性爱和有趣的想象。被一些人叫好、又被另一些人非议的《黄金时代》《红拂夜奔》就是这样的作品。他鄙弃束缚自由的功利主义、道德教条和假正经，于是就在他的一切文字中布满放肆的比喻和辛辣的反讽，让没滋没味的生命变个味道。他常常引用罗素先生的话，以明心志："须知参差多态，乃是幸福的本源。"他还说："我认为脑子是感知至高幸福的器官，把功利的想法施加在它上面，是可疑之举。有一些人说它是进行竞争的工具，所以人就该在出世之前学会说话，在三岁以前背诵唐诗……还有人认为，头脑是表示自己是个好人的工具，为此必须学会背诵一批格言、教条——事实上，这是希望使自己看上去比实际要好，十足虚伪。""假如上帝要我负起灌输的任务，我就要请求他让我在此项任务和下地狱中做一选择，并且我坚定不移的决心是：选择后者。"

在这个智慧而有趣的人眼中，最难容忍的是我们这个民族的文化虚荣心和对真实的虚弱的承受力。对这种畸形文化心理的抨击，使他招致各方（尤其是新潮的"新保守主义者"）的诟病——说他"民族虚无主义"者有之，说他"自辱心态"者有之。而他何尝以把自己的民族文化说得一无是处为乐？他唯愿自己的这副烈药有助于消杀病瘤，换取健康，以使我们在人类文明的舞台上，有本事和别人来个真刀真枪的竞赛，这岂不比整天空喊"让我们的文明来拯救全世界"实在得多？但遗憾的是，花剌子模国王的耳朵只听得进"聪明人"的花言巧语，却容不得"傻子"的一句真话。几千年来，一贯如此。

然而，这对一个"傻子"来说，又有什么伤害呢？"只要你不怕做烤肉，就没有什么阻止你说俏皮话。"(《文明与反讽》)这句话是王小波君一生的自画像——他拿了匹兹堡大学的学位却放弃了有保障的工作；他才华横溢却拒绝发出他不感兴趣的声音；他乐于发出的声音却常常不能给他带来利益，因而直到他去世，仍是个"凑合着过日子的人"。他毕生都坐在这个窘困、孤独的烤架上，说着卓越的俏皮话。这俏皮话是他留给我们的遗产，里面包含了他卓然独立的智慧和幽默，以及无比丰富的想象力与创造力。在他的遗产面前，我们应当说，王小波君是这个传统的异端，但更应是令她惊喜和骄傲的收获。站在这一收获的阶梯上，我们可以望到更遥远的方向。

1997年5月4日

怎样看待王小波的遗产？

王小波一生只写作杂文随笔和小说剧本，以及协助李银河做的少量社会学调查。关于如何看待王小波的遗产，在他逝世八年后评价日益多元，这可以从4月24日举行的"王小波与青年文化"研讨会上（见2005年4月25日《新京报》）见出。但我认为再多元，也不能离开"王小波是一位作家"这一事实。如果将对思想家或人文学者的专业诉求加诸王小波，就如同要求一朵玫瑰花成为牡丹花一样不切实际。

王小波杂文是否只传播了文明世界的普遍常识？是的。他的杂文是否因此可以被评价为肤浅的？不。王小波在杂文中创造性地使用逻辑归谬法，张扬智慧和有趣，申说平等与自由，赞美科学和艺术，反对狭隘民族主义、伪科学、假正经、实用功利和愚昧盲从——其价值不在于他讲的这些尽人皆知的道理本身，而是在于他讲道理的方式改变了中国人固有的德性、混沌、矫情和自满的思维习惯，而激发了一种智性、逻辑、幽默和不满的新思维，以及关于平等自由、特立独行的价值观念。王小波将人类社会的普遍共识表达得如此迷人，以至于让人觉得，不接受这些美好的事物简直是不可思议的。中国人总是习惯于将人类的正面高贵价值描述成挣扎和战斗的产物，某种令人不快和回避的负担，但是王小波让人知道，智慧、有趣、自由、平等、科学、艺术之所以是好的，乃因为它们是能给人带来快乐和幸福的事物，人应当出于生命的本然需求去追求，而不是为了使自己在别人看起来是个好人去追求。他用自己发明的独特文体，让漂泊无依、充满怀疑的人们继续漂泊和怀疑，但却不是绝对虚无主义的怀疑，而是对摧残人之真、人之智、人之美的那些看似自古皆然的事物的怀疑，怀疑之后方能自由。在获得了充分的自由意识之时，他主张向未知的世界快乐进发，而非为回不到处女地式的精神家园愁肠百结。

　　王小波的小说主要讲述了性爱、智慧和有趣在中国的奇特境遇。这是中国文学里从未出现过的主题，而他讲述这一切时所用的手法，也是中国文学里未曾有过的。王小波借鉴20世纪的西方文学技巧，但其价值源头却来自古希腊和西方文艺复兴时期的人文主义思想，这是他与中国现实进行真实对话之后选择的结果。他的小说主人公是一群具有高度精神同一性的人，充满自嘲地怀疑这个充满悖谬的世界。王二、李卫公们的精神谱系，可以和阿里斯托芬的《鸟》、拉伯雷的《巨人传》、布尔加科夫的《大师和玛格丽特》、尤瑟纳尔的《苦炼》、卡尔维诺的"祖先三部曲"以及贡布罗维奇的《费尔迪杜凯》相接。这些人物洋溢着自由的人类明晰于自身价值立足点的自信，他们与世界的紧张关系，乃是由于创造和求知的冲动受到层出不穷的戕害而起。他们的确缺少现代主义以来人类拥有的分裂体验和虚无情愫，但谁又能说唯有分裂和虚无才是唯一的真理呢？迪伦马特有言："诚然，谁认识到这个世界的无意义，无希望，谁就会完全绝望。但这一绝望并不是这一世界的结果。相反地，它是个人给予世界的回答；另外的人的答复可能会不是绝望的，可能会是个人决定容忍这一我们生活于其中的世界，就像格利弗生活在巨人之中一样。他也实现了时间的距离，他也退后一两步来测定他的敌人，准备自己和敌人战斗呢还是放他过去。这仍然可以显示出人是个勇敢的生物。"

毫无疑问，王小波的小说，就是那种"显示人是个勇敢的生物"的小说。当然，除此之外，世界上还有无数其他类型的小说。"须知参差多态，乃是幸福的本源"，须知王小波只是探求了属于他自己的那一份可能性，如果到他那里寻求所有的可能性却失望而归，那不是王小波的问题，而是寻求者的问题。神也不能包治百病，何况王小波。

2005年4月25日

"文坛中人"对王小波的一般看法

子非鱼给我布置了一个作业:在王小波先生五周年忌辰的时候,采访文坛大腕对他和他的作品的看法,因为这一直是王小波评论中缺少的一块。考虑到此项工作很能"填补空白",我头脑一热就答应了。直到打了一圈电话以后我才后悔不已:找这个麻烦干嘛。总结起来作家们的意见有如下二种:1. 王小波的东西我没怎么看过,就别在他的忌辰胡说了吧。梁晓声、刘震云、格非、毕飞宇等作家如此表示。"出于对逝者的敬意,像'我不喜欢他的东西'这种话,现在也是不宜说的。"其中的一位谨慎地说道。2. 现在他已经这么热闹了,我就不说了吧!这是王朔的原话。在经历了大腕们不约而同的沉默之后,《花腔》的作者河南青年作家李洱却给了我一个认真的回答,电话里他的声音清晰平静:

纪念王小波的一个前提是不能神化王小波。神化就不是纪念。如果王小波活着,他还会继续往前走,而不会在他已有的成就面前止步。我认为王小波是个天生的、典型的作家,他的细节、他的感觉的尖锐、疼痛和看法的刁钻,他的进入事物细部并把缝隙打开的能力,都令我赞叹。他的小说写得比我好。他在文体上有建构性,实现了他洒脱自由的个性和风格,在《黄金时代》里他还比较拘谨,到《青铜时代》就完全放开了,他解构了以往的小说文体,这种解构本身就是建构。总的说来,他的小说成就比他的随笔大得多,他的随笔并非不可替代,但小说是。就他的思想来说,我以为他并没有什么创见。他主张回归常识和人类基本的伦理关系,但他并未建构一种新的伦理关系。有无可能建立一种自由主义的、有限制的、负责任的、让个人在个人—时代—历史的三维空间中成为一个健康亮点的新的伦理关系?我觉得他没有回答这个问题。王小波强调每个人都有消极自由的权利,其中包括个人在历史中缺席的权利,但是在纪念他的时候如果过于强调这种消极自由，我认为在这个个人责任感普遍丧失的时代是有害的。我还认为，现在纪念王小波最好的方式，应该是从他止步的地方往前走。

采集文坛多家"名门正派"之看法的初衷看似没有实现，其实已经实现了，那就是——多数人对王小波没有看法，因为"不感兴趣"。小波先生生平最反感灌输，现在我拿他到处去问人——而且是对他不感冒的人，也不啻一种变相的灌输，他若知道，一定不会原谅我。意识到这一点，我便立刻将余下的注意力投入到已有的评论文本上，梳理一下对他确"有看法"的文坛中人的看法。之所以要"文坛中人"的看法，是因为五年以来"文坛外"的声音一直较大，从信息全面性的角度来说，需要有个"矫枉过正"。

根据我掌握的材料，"正统"的文坛中人在小波先生辞世后写过文章的有：王蒙，刘心武，陈村，林白，李大卫，韩东。除林白以外，其余五位都是以"智性写作"为特征的作家，大概在精神气质和思维方式上与王小波有息息相通之处。林白写《我与王小波》，是感于他生前曾撰文《艺术与关怀弱势群体》的义举——她写的《一个人的战争》当时被有的评论者指斥为"准黄色"的"坏书"，在舆论上给她造成很大的压力，"素不相识的王小波在这个时候站出来为我辩护，使我感到这个世界除了辱

"文坛中人"对王小波的一般看法

骂和中伤，也仍有良知的声音，是一个值得好好生活下去和写作下去的世界"，反映了王小波为人的一个侧面。王蒙的文章《难得明白》[1]是这几篇中最长的，运用"借他人酒杯浇自己块垒"的手法，着重评价了王小波在人文精神讨论中反对"泛道德化"的文化立场的重要价值，指出"当某一种'瞎浪漫'的语言氛围成了气候成了'现实'以后，一个敢于直面人生直面现实讲常识讲逻辑的人反而显得特立独行，乃至相当'浪漫'相当'不现实'了"。这位被批评为"过于聪明的中国作家"的老作家，评论王小波时相当诚恳："王显然不是老好人，不是没有锋芒，不是过于聪明的中国作家。但是他的最刻薄的说法也不是针对哪一个具体人或具体圈子，他的评论绝无人身攻击。更重要的是，他争的是个明白，争的是一个不要犯傻不要愚昧不要自欺欺人的问题……王进行的是智愚之辨，明暗之辨，通会通达通顺与矫情糊涂迷信专钻死胡同的专横之辨。"

但王小波在文坛真正的知音却是青年作家李大卫。在他的未受足够重视的短文《祭王小波》[2]中，他几乎概括了王小波艺术和思想的最主要的精髓。他认为王小波小说的"最大意义在于为中国文学提供了一个诗学意义上的全

---

[1] 见《不再沉默》，王毅主编，光明日报出版社1998年8月第一版。
[2] 见《浪漫骑士：记忆王小波》，艾晓明、李银河主编，中国青年出版社1997年7月第一版。

新谱系。王小波的小说兼有约翰·欧文式的残忍幽默，卡尔维诺式的奇观场景以及翁贝托·艾科式的杂学旁收。可以说他是塞万提斯、拉伯雷和马克·吐温的精神嫡裔。王小波笔下的王二……作为作者的第二自我，永远处于对世界的认知冲动和对人类有限性的反省之间的紧张关系中。而这一紧张关系导致的人类处境的悲喜剧，在既有的中国文学中一向缺乏探讨……作为一个真正意义上的人文主义者，王小波是中国话语空间中目前仅见的一例，其首要标识是对蒙昧主义彻底的批判态度。从他的写作中可以看到一个人对世界强烈的好奇心，并以青春期顽童的方式对人类的愚昧言行进行恶作剧。这是一个文艺复兴式的人物，其丰富的感性和发达的判断力之间实现了高度的平衡……王小波是智者，但更是勇者。当一个人具备了如此智性和勇气，我想应该称他为英雄。或者说，他是以反英雄的方式企及英雄的境界，并使自己的全部作品汇集成为一个时代的神话"。这位有着王小波气质的新生代作家如今也已远离文坛，移居美国，不知是否还在锻造他为之痴迷的汉语小说艺术。

当代文坛大规模关注王小波的行动是在由朱文发起、整理的《断裂：一份问卷和五十六份答卷》[1]中，朱文提的问题是："你觉得陈寅恪、顾准、海子、王小波等人是

"文坛中人"对王小波的一般看法

---

[1] 见《北京文学》1998年第10期。

我们应该崇拜的新偶像吗？他们的书对你的写作有无影响？"五十几位新生代作家对于前半部分问题，有约一半的人表示：喜欢王小波的书，但他不是偶像，对写作也没有影响；另一半人则表示：他们不可能是偶像，也没有影响，因为不了解他们。韩东则激愤地说："陈寅恪、顾准、海子、王小波是90年代文化知识界推出的新偶像，在此意义上他们背叛了自身，喂养人的面包成为砸向年轻一代的石头。对于活着并埋头工作的艺术家而言他们更像是呼啸而过的噪音。"

在文学批评界，艾晓明是唯一一位在王小波生前就撰写了多篇小说评论的学者，也是王小波乐于与之交流的知音。《我所认识的"王二"及其"风流"传奇》《革命时期的心理分析》《重说生命、死亡与自由》《寻找智慧》《穷尽想象》《爱情最美好之处》《思维的乐趣》《地久天长》《关于〈黑铁时代〉及其他小说遗稿》……其中多篇在王小波生前就发表在海外的报刊上，有的则由于是面对手稿写作的评论而当时未能发表。这些文章的特点在于：它们深入到小说文本的形式和意义的内部，忠实地"复述"小说的情节和意蕴——因为她知道，王小波的小说之所以不被接受，是因为人们难以理解它们的刁钻古怪后面到底藏了些什么，她写评论就是为了排除人们对王小波的"理解障碍"。"智慧在哪里？不仅人人说假话，而且人们根本就不愿拥有感受真实的能力。他们有意装傻，自觉地勾销了真与假、愚蠢与智慧的界限。这样，寻找无双的故事从传奇中离析出来，成为现代人精神遭遇的魔幻投影。它揭露了现代社会的某个特殊阶段，道德败坏、人心沦丧的状况。如果不存在真诚和善良，那么任何悲剧都无人作证，任何悲剧的主人公都可能……成为那个众口一辞不承认其存在的无双。这就叫睁眼说瞎话。"[1]她就这样平易而深入地解读了王小波的每一部作品。

崔卫平是另一位评论王小波非常到位和专业的学者，她的长文《狂欢·诅咒·再生》运用巴赫金的形式主义理论妙趣横生地分析了《黄金时代》的文体，她问：受过良好的学术训练、极力主张文明精神的王小波何以写出文词鄙俗、"格调不高"的小说呢？回答是："显然，光是具备某种才华是不够的，这里需要的是更高程度的自觉意识，对于历史和民族命运的深刻自觉。"她指出王小波的"某种眼光贯穿到作品的一切方面，渗透于场景、人物、动作、结构、语言、细节、穿插、隐喻等从局部到整体的全部形态，从而形成完全是统一的、一致的效果"，"可以说他富有天才地抵达和完成了一种对中国读者来说还是比较陌生的狂欢性文体，提供了用汉语写作

---

[1] 艾晓明：《寻找智慧》，见《浪漫骑士》。原载于香港《大公报》1997年1月13日，原题为《新无双传》。

的狂欢体小说"。[1]

向来以严肃冷峻著称,且自认为"我不喜欢幽默"的思想评论家林贤治在他著名的长文《五十年:散文与自由的一种观察》里,把王小波的杂文随笔作为单独的一节加以论述,指出:"幽默,玩笑,在中国作家中并不显得匮乏;在90年代,甚至因此酿成一种可恶的风气。幽默而可恶,就因为没有道义感,甚至反道义。能够把道义感和幽默感结合起来,锻炼出一种风格,不特五十年,就算新文学运动以来的近百年间,也没有几个人。鲁迅是惟一的。王小波虽然尚未达到鲁迅的博大与深刻,但他在一个独断的意识形态下创造出来的'假正经'文风,自成格局,也可以说是惟一的,难以替代的。"[2]

此外,自由撰稿人张远山的《王小波论:化腐朽为神奇的想入非非》,周泽雄《关于王小波的调查报告》,学者丁东、谢泳的《论自由撰稿人——以王小波为例》,在坊间和网上有着广泛的影响。发表在"王小波在线"网站上的张伯存六万余字长文《王小波新论》,则是近年来王小波研究成果的一个重要结晶。全文分为"一、反抗奴役:王小波的人生哲学及其小说的精神特征;二、阴阳两界:王小波的精神结构及其小说的结构模式;三、躯

---

1 崔卫平:《狂欢·诅咒·再生——关于〈黄金时代〉的文体》,见王毅主编:《不再沉默》。

2 见《书屋》2000年第3期。

体　刑罚　权力　性；四、死刑游戏　狂欢化诗学　笑谑传统；五、一个后现代主义文本的解读；六、世纪绝响：王小波杂文的思想意蕴和艺术特征；七、王小波和自由主义传统及世纪末文化纷争"七个部分，对作为一个立体的精神存在的王小波进行了全方位的剖析，认为"如果用一句话概括王小波的人生及创作，那就是：星光照彻黑夜"。

需要指出的是：到目前为止，网上已有三万多处关于王小波的网站、网页和文章（还会不停地诞生新作），它们既表明王小波精神辐射力的广度与深度，同时也表明一种成熟的理性精神在民间的真正苏醒（当然也存在功利化的恶俗仿制倾向）。但从这些文章的准确性、深刻性和艺术性看来，并未超过四年多前出版的纪念文集《不再沉默》和《浪漫骑士》。《不再沉默》汇集了李慎之、王蒙、朱正琳、许纪霖、汪丁丁、陈家琪、何怀宏、秦晖、戴锦华、艾晓明、崔卫平、李银河、王毅等国内一流的人文学者，有的还是王小波的亲人、密友，既极其熟悉王小波的"原态"因而不会虚渺夸张，又拥有深厚的专业背景因而能够从各种角度进行思想和艺术的深入探究。《浪漫骑士》作为研究王小波的第一手资料尤为可贵，遗憾的是关于他生平的史料仍嫌不足，这方面的缺憾也许只有到"相关各界"对他的文学贡献有了充分共识之后才能弥补。

此外，本文略去了一些"批评性"评论，典型的比如

"文坛中人"对王小波的一般看法

王小波的兄长王小平对他的《白银时代》和《黑铁时代》"观念填不满形式"的批评，秦晖对于他作为批判现实主义作家其批判现实"慢半拍"的批评，都是些中肯的评论；还有《我们选择什么？我们批判什么？——从昆德拉到哈维尔》（见《北京文学》1999年第一期）一文对王小波之"冷"的批评，以及王晓华《王小波杂文的思想渊源、意义与局限》（见"世纪中国"网站）一文对王小波"破坏性多于建设性""缺少生态主义思维""他所信奉的自由主义暗藏着一种独断论""由于经验主义对常识和利害的强调，而无法实现人类的一些超越性价值"（限于篇幅，引号里的内容为笔者所概括——李注）等，也是有代表性的批评，在此不作详细介绍。

2002年4月

遥寄一位沉默的说话者

那个叫王小波的人离开这个世界已经一年多了。他的名字由一年前随便一个人的嘴里,潜入今天不那么多的人的内心。今天,一些人把内心的话说出来,集成了一本名叫《不再沉默——人文学者论王小波》(王毅主编,光明日报出版社1998年8月)的书,以献给那个为"沉默的大多数"代言而又沉默地离世的人,和他的心灵的朋友们。

如果说去年各大媒体上掀起的"王小波热",是源自各界人士的情感认同和多多少少的商业动机,那么今年的这本《不再沉默》,则是人文学者对于王小波思想史和文学史意义的理性评价。正如主编王毅先生在序言中所说：王小波"原本秉承的是陈寅恪和顾准他们'独立之精神和自由之思想'的血脉"，却"在接武前人的同时，又尝试演奏陈寅恪、顾准等人以后的乐章"，他"再也不会把回身走上十字架认定为这说话的最终结局。相反，他憧憬和努力探索着的，是能够走出一条两边都开满牵牛花的路"，他的心智"重新展现出人对未来的颖悟、对新的和美的文化形态之创造力这一'智慧'的本真意义"。

翻读这本书，不仅是在温习一份生命永存的智慧，还能听到对这份智慧的广阔的理解。一年多以来（从王小波逝世那天起），我们不断看到一些"准王小波"的话语方式出现在各类文字中，也时常能听到正统的文坛中人对他居高临下、不以为然的评判，更不断目睹被王小波针砭过的现象一再出现：从一些知识分子对自由主义、资本主义和现代性的"超前"批判，到大学生与大学者的文化相对主义和狭隘民族主义的泛滥，其逻辑、胸襟和思想的扭曲，既令人感到思想倒退的悲哀，又使人自恨无王小波之才，难以继续发出那种幽默智慧洞见超凡的公义之音。而《不再沉默》的出现，则是对这份焦虑的慰安。它使我们相信，清新自由的思想不死，但需要我们自身的顽强践履，言行一致。"当今的中国，自由主义缺的不是学理，而是实践……即便我们写不出罗尔斯、哈耶克那种层次的理论巨著，我们也可以实行'拿来主义'；但倘若我们干不了甘地、哈维尔等人所干之事，那是决不会有人代替我们干的。"在专断与恐惧相伴相生的土地上，"'消极的'自由必须以积极的态度来争取，低调的制度必须用高调的人格来创立，为了实现一个承认人人都有'自私'权利的社会，必须付出无私的牺牲，为世俗的自由主义而斗争的时代需要一种超越俗世的'殉教'精神"（秦晖：《流水前波唤后波》）。也许这的确是对王小波的意义的确切评价。

但我知道，这本书不仅仅是对一个逝去的非凡生命所表达的敬意，它也表明当代中国知识界的角色自觉。"有一天有许多话要说的人，常默然地把许多话藏在内心；有一天要点燃闪电火花的人，必须长期做天上的云。"（尼采）有一天，当我们的智慧能创造出我们希望的一切时，一定仍会想起那个沉默的说话者，想起那片翻滚的天上云。

1998年12月

王小波与纪念日

"混账东西"的纪念

王小波曾写过一篇题为《电视与电脑病毒》的文章,对电视节目围着节日纪念日打转的现象痛心疾首,大意是说:中国电视编导的脑子里总有一本日历,每到一个节日或纪念日,就要放一些和该日子有关的电影或歌曲,结果把电视节目搞得没滋没味的。"有些日子所有的频道都在闹日本鬼子——当然,这些鬼子和汉奸最后都被抗日军民消灭了,但这不能抵偿我看到他们时心中的烦恶:有个汉奸老在电视屏幕上说:太君,地雷的秘密我打听出来了——混账东西，你打听出什么了？从我15岁开始，你一直说到了现在！"

王小波虽然绝顶聪明，可是他肯定想不到自己如此早逝，更想不到每当他的忌辰，就会有人在媒体上纪念他——我相信他如能预见到这一点，定会想办法长生不死，以免因为他自己的缘故，出现他最"烦恶"的情形。这样的情形已有七年，而且看起来没有结束的势头。如果他的在天之灵能对我们说话，恐怕他的话会很不客气："混账东西，纪念了七年，你们都纪念出什么了？从我死的那天开始，你们一直纪念到了现在！"当然这种可能性很小，因为平时待人接物，他总是个谦谦君子，所以他的语气可能是这样的："求你们别一到4月11日就说我了，我简直快羞死了。"十有八九会是如此。他既然讨厌人家把许多偶像强加给他，他必也不愿把自己变成偶像强加到别人的头上。他作为一个一生反对各种政治强制、文化强制和道德强制的人，一定最反感听到这样的话："看看人家王小波是怎么做的，再看看你们！"把自己变成一个令他人自惭形秽的榜样，无疑会是他最为诅咒的事。

但是关于纪念他这件事，我恐怕会这样劝他：如果一个时代、一些人，一到某个日子就自发而非强制地纪念某人，便表明该时代该人群最缺少和需要那个人。人们要通过"纪念"这种仪式化的行为，来强调己之所需与己之当为。如果有一天王小波式的力量不再稀奇，我们自然就不会再纪念你了。他听了这番话,也许会心里稍安,就不那么反感我们了。而只有他不反感了,作为粉丝的我才能安下心来写作此文。因此还请读者朋友原谅我把文章的头开得这么长。

我们这些人

接着我想说说为什么老是我们这些人在纪念他。所谓"我们这些人",就是年龄段在"70后"前后的一些人,再扩展些,就是生于60年代到80年代的一些人。记得第一本纪念文集《浪漫骑士》和第一本评论集《不再沉默》都是由年龄与小波相仿的学者主编或撰写的,之后,在话语空间里一直念叨不休的,就是"70后"与"80后"了,甚至还有了个小波君一听其名必会昏迷的网站"王小波门下走狗大联盟",以及一本据说有"小波风"的小说集《一群特立独行的狗》,来向他致敬。——顺便说一句,不管这个"门下走狗"多么事出有典,总归不那么"王小波";况且"走狗"的"走"有"跟随"意,即便是"一条"也不能算"特立独行",更何况是"一群"。"一群狗"而曰"特"立"独"行,未免对一个词的使用太强其所难,即便是戏仿"一只特立独行的猪",也仍是如此。

对不起,又扯远了。其实我的意思是说:"70后"一代之所以不停地追念王小波,只能说明一件事:自他逝去之后，我们既未能找到与他的智慧、理性、魅力及健全程度不相上下的精神兄长，自己也没能成为与他不相上下的成熟的个人。我不能不悲哀地说：在王小波的身后，勇敢、坚韧而智慧的自由知识分子群落不但没有壮大，反而日渐萎缩；而一茬茬披着"小波型"修辞外衣的自鸣得意而又脆弱不堪的"自由分子"，倒是多了起来。"王小波"的语义符码被迅速地肤浅化和时尚化，以至于一些有着逆反心理的"精英"，甚至羞于再提王小波之名。这真是不幸的事。

心肠与智慧

经过七年的时间，我们这些受过王小波作品哺育的人，已从不谙世事的二十几岁，迈进略经风雨的而立之年。对于王小波留下来的精神遗产，我终于知道了要把它分为两个部分：王小波心肠与王小波智慧。没有前者，绝无可能产生后者，任何一位可以抛掉前者而直取后者的努力，最后收获的精神格局可能都会极其微小。类似的情形，我们可以从"剥离技巧"的中国当代新潮文学中看到。以前人们对"王小波智慧"谈得较多，在经历了这个国家诸多或大或小幸与不幸的事件、旁观了知识界一场又一场归于泡沫的论争之后，我认为现在更需要留意"王小波心肠"。前几年曾经激动过我们的一些知识精英，近年的所言所行之所以言不及义无有所指，自然与知识储备的老化和问题意识的弱化大有关系，但更重要的是由于衮衮诸公缺少如王小波那般真诚、善良、大爱且勇敢的古道热肠。

想必王小波不会同意我的有泛道德化嫌疑的解释，但我仍是以为，一个知识分子在拥有足够智慧的前提下，一旦有了这样的心肠，他才会对他人的境遇苦乐抱有感同身受的理解，并且产生表达的力量和勇气，有了理解和勇气，他在人文研究中才可能获得敏锐深刻的问题意识，在文学创造中才可能传达悲天悯人的深情高致。在智力相当的情况下，正是这最朴素的心肠，划出了不朽与速朽的分界。也正是这素朴之物，最无法取巧和作假，它一旦与心智的运动相结合，便会使人的创造力迸发出震撼灵魂的光芒。《圣经》中有大意如下的话：凡要保存性命的，反要失掉它；凡要失掉性命的，反要得着它。这句话的前半句，最适合说给那些一心想给自己树碑立传、什么好处都想得的人听，无论官员政客，还是知识分子；后半句，悄声说给小波听就行了——其间道德、利益与身后荣辱的能量守恒和转化原理，恐怕不是他所屑于证明的。然而我们这些生者若是不知，就未免太过昏聩了。

他唯一的忧虑

　　王小波总是说：我唯一忧虑的，是我不够聪明。他从不忧虑自己不够善良，因为他觉得善良这东西实在太过基本，没有难度，属于"良知"范畴。按照《辞海》的解释，"良知"乃指天赋的道德善性和认识能力。天生就有的好心肠自然不必强调，他只忧虑人类后天努力才能获得的东西——聪明与智慧——会随时消亡。他的二百多篇杂文反复絮叨的无非是一个道理：这世界若想变好，必须医治愚蠢。为此他不惜耐下性子，用古今中外、尤其"大跃进"和"文革"中的诸多荒诞故事，苦口婆心地规劝国人不要重蹈愚蠢的覆辙。现在看来，他所担心的"愚公移山"式愚蠢似乎快要过去了，但是《寻找无双》里王仙客在长安城所遭遇的愚蠢却远未过去——那就是不敢直面真实历史与现实、不敢承担个人权利与责任的愚蠢。如果说防止"愚公移山"的愚蠢只要大力发展工具性智慧就可完成，那么杜绝王仙客所遭遇的愚蠢则需要更全面的智慧——除了动用工具理性，更要动用价值理性。

　　价值理性是在良知指引下的智慧，此一理性的衰弱，必会导致人的全面退化，其结果是满大街行走着既无美感也无责任感的市侩小人。有一点王小波没有提到：良知即便是天赋的基因，遇到极其恶劣的环境也会变异衰减，其脆弱程度甚至高于"智慧"。良知在这世上若真的化为乌有，那么再高的"智慧"也只能为恶了。我看在某些特定的空间里，一些强人的确运用着滤去了良知的高超智慧，来尽可能地阻止"沉默的大多数"获得识别真假、善恶、智愚与好坏的包含良知的普通智慧，智慧和技术若落到这种人手里，天下势必会傻子恶人横行。因此，若真想告别愚蠢，恐怕仅有智慧还不够，还得加上"勇敢"，即不怕为遭遇不幸不平不公不义的人——不管这人是别人还是自己——说话和做事的素质。有了勇敢而智慧的素质，才能有良性公共空间的形成，个人才能摆脱孤立无援的原子化境地，而逐渐建立一个按照人道准则而非丛林规则运行的社会。

一句话：智慧固然重要，但是在一个是非颠倒的世界，真诚、善良、大爱和勇敢的好心肠却是同样重要的。这是王小波，我精神的兄长，在他的纪念日暗示给我的东西。他还暗示我：社会的健全与进步，只能诉诸每个公民自身的努力与觉醒，若寄望于充当"王者师"，则一切必会归于虚妄。这大概是王小波与他的师祖胡适以及一些胡适弟子的不同之处。

2004年4月2日

"真理本身也许就很有趣"

初知"王小波"其名,是在《东方》杂志。记得那篇文章看了令我捧腹,捧腹的瞬间却琢磨了一件挺严肃的事。是什么事我忘了。后来陆陆续续地读他的杂文,都是捧了腹之后又严肃地想了事儿,方知这是他为文的风格:将看起来一本正经的荒唐事跟一件一点儿也不正经的荒唐事(常常是不知打哪儿淘换来的邪门传说)作比附,让人顿时了悟那正经玩意儿的荒唐性质,"噗嗤"一下乐出声来,瞬间粉碎其假模假式的庄严。这种"王小波式幽默"在《东西方快乐观区别之我见》《花剌子模信使问题》诸文中渐露峥嵘,使得文化界颇多文字敏感者一听见"王小波"三个字,便竖起耳朵,两眼放光——不管是青眼有加者,还是大不以为然者。

显然,小说《黄金时代》的作者已成了一个被公认为"有趣"的人,正如他认为"真理本身也许就很有趣"一样。当然,我不是说王小波和真理一样。我是说,"有趣"已经和王小波有了生死不渝的交情,这一点,恐怕王小波和王小波的读者都不会有什么异议。

于是我去采访王小波。他四十多岁,高大威猛,穿着一身黑色运动服接待了我。这位下笔要多疯有多疯、要多辣有多辣的自由写作者,说起话来却一点儿也不疯,也不辣,相反,看起来蔫蔫的,像是有点儿萎靡不振——可能是为了说话省点劲儿,也可能他觉得没什么事值得大惊小怪的。可是他说出来的话,却总是有那么点儿不正规。

问了些他的生活经历,他回答得很简约。见我有点儿尴尬,他就说:"我把这辈子的经验都说完,也用不了一个上午,真的。"

"您现在写什么呢?"望着他把轰鸣着的音响和打字机都关掉,我问道。

"写历史小说。或许不该叫历史小说。卡尔维诺《我们的祖先》算历史小说吗?"

"不算吧。一个子爵被劈成善恶两半之后各干各的,这种故事不能算历史小说吧。"我摇头。

"那我写的也不叫历史小说。其实是对唐传奇的翻写,被我翻得面目全非了。我还写过'未来小说',有一篇发在今年的《花城》第三期,叫《未来世界》,有评论家称它为'科幻小说',我特不满意。总之,现在我写小说完全避开现时和都市,把时空放在遥远的过去或未来的子虚乌有上。"他缓缓说道。

"您为什么逃离现实生活呢?您的《黄金时代》不是写得挺好的吗?"

"写《黄金时代》的时候,心里有一股愤懑,我是被这股愤懑推着写出来的。可我也不能老为同一件事愤懑呀,愤懑完,还得继续往下走呀。"

"知青生活之后,还有当下的城市生活,为什么这种题材很少出现在您的作品里呢?"

"我不喜欢在小说里出现现时和城市,因为它们本身就意味着一些影影绰绰的要求——严密,正规,按部就班。很多读者喜欢与他们的生活合拍的作品,我看那没劲。说实话,我觉得城市生活十足没意思,再把这种索然无味的痛苦生活在作品里重复一遍?我可不干。小说的目的就是创造与这种现实绝对不同的另一个世界,就像卡夫卡、卡尔维诺这样的作家——人类现实生活里没有的形象,他们给'做出一块',这才是真正让人着迷的东西。但你能说他们'逃离现实生活'吗?恐怕不能吧。可他们作品的外在形态的确与生活的逻辑无关,这时他们就获得了创造的自由。这话可能有点儿离经叛道:创造的源泉不是生活，精确点说，不是现实生活的逻辑和形态，而是作家的创造力和想象力。当然，文学与生活的关系自有一番繁琐的道理，一两句话说不清楚。"

"您似乎更注重文学的美学方式，那您不认为文学应当有一些'负担'吗？——近的比如说现实现世的关怀，远的比如说'人类的终极关怀'。您不觉得伟大的作品无一例外地体现了后边的这种'关怀'吗？"

"这个，我是这么看，"王小波想了想，说，"有些作品也许它没有主动'关怀'什么，但它呈现出人类的灿烂和完美，甚至它比人类本身还要好，比如莎士比亚戏剧。这时候不是他的作品对人有什么用处，而是人类对他的作品有什么用处，一切都为他的创造物的美满而存在。可与此同时，它们的确不经意地自由地'关怀'了许多东西。我想，写作的美好首先在于驱动思维的创新，突破现实的授命。我写古代写未来，也是出于'自由发挥'这种严肃的动机。我越来越想当一个地道的作家，不想写迁就读者的'现实性作品'。那样的话，不就——媚俗了么。"此时，他倒是一脸严肃的。

"您是'第三种人'吧，"我笑道，"既不像满脸肃穆的人文学者那样大呼精神价值的重建，又不投进大众趣味的怀抱里，多孤独。"

"我觉得，提倡和呼吁什么——比如人文精神吧，肯定比写出一部精妙的作品省劲儿。可是好作品的力量却比'提倡和呼吁'更大，也更有说服力。另外，对于文坛上那种忧心忡忡的调子，我没有同感——可能和我理工科出身有关，我不认为文学在没落，而是正在辉煌。要我说，人文精神就是伸向未来的雄心壮志。现代小说虽然精品寥寥，但它们的紧凑、精当和深刻却远胜过古典。将来，文学的路也会是这样上升。"

1995年11月

作者注：近日发现几页旧稿纸，是1995年11月在《中华读书报》实习时所写，已忘记为何没有发表。现在看来，写得的确不够好。因为是关于王小波的回忆，就抄录在电脑里。问的和答的，如今看来都是常识。之所以那样问，那样答，恐怕出于彼时环境和论题的需要——当时最热的话题，是关于"人文精神"的讨论，王小波对那种泛道德主义的论调颇不以为然。值得记念的是这位作家在与一个报社实习生的交流中，显现出来的赤诚无拘的胸襟和性情。自此，我便以他为师，虽然关于这一点，我从未和他说起过，并且学得一点儿也不好。

2022年3月14日

王小波退稿记

此文写于十年前,一直放在电脑里未曾示人。那时坊间流行一个说法:关于王小波的悲情,是文坛之外不明就里的人们虚构出来的,他的作品发表不顺,也不是什么"文学体制"造成,只是凑巧而已。于是有此文。大概写时只求一吐块垒,写完又觉得无甚必要,就收起来了吧。而今重翻时,"王小波"三个字竟有古董之感,反倒觉得不妨给读者看看了。

—— 2013年12月28日题记

多数人知道小说家王小波，是在他的逝后。在他生前即知悉和喜欢此君的人，多是因为他的杂文和随笔，它们发表在当时的《读书》《东方》《三联生活周刊》和《南方周末》之类的报刊上。有那么些嗅觉刁钻的家伙，只要读到了他的一篇文章，就开始猎狗似的搜寻这个名字，逢人便问他的轶事，万一搜到他的文字——譬如鄙人，常常是在图书馆——就会满脸傻笑举起杂志箭步蹿到椅子前，先是光速看完，然后蚁速重读，边读边从喉咙里发出憋不住的"咯咯"之声，全然不顾周遭人等"你有病吧"的鄙弃眼神。倘若遇到同好，那脸上的微笑可就高雅多了：诡秘，暧昧，莫逆，悄声唧咕一番，互告此君新作行踪，微微点头，再向图书馆或报刊亭迤逦而去。

其实谈王小波用不着跟地下党似的——他又不是被禁作家。当年贾平凹的《废都》被禁时，同宿舍议论吵嚷的声音还不照样快把屋顶掀翻了？诡秘完全是出于下意识，隐含着某种对开心宝藏悄悄品咂的欲望。似乎它是一件天外飞来之物，如果大肆声张，它就倏地飞走了。我们可不想这么快让它飞走。哎呀，从没有哪个中国作家让我们这么开怀大笑过，笑完，静下来，感到有种力量悄悄潜入了内心。曾经觉得王朔挺逗的，可是和王小波比起来，他顶多就是一撒娇不停肩膀柔嫩需要呵护的小弟弟。王小波不同。这位仁兄肩膀宽，有担待，虽是满脸坏笑，却是内心温醇，天地动摇不改英雄本色。我们猜，大概是因为他害怕过于受人尊敬,才那么不正经的。

待后来我到一家报社做实习记者,终于找到采访机会与他相识,才明白了何谓"文如其人"。初见的场景已多次对人讲过,在此不赘。采访结束时,我央他送我一本《黄金时代》。他在书柜底层掏啊掏,掏出一本来。我说"您签个名",他签名:"李静小姐惠存　王小波"。回来才注意到连个落款时间都没有,可见他很少做这事。

彼时我正读中国当代文学研究生,看惯了"正宗纯文学"的中国当代小说,刚读他的,真是不习惯。瞧《黄金时代》的开头:"我二十一岁时,正在云南插队。陈清扬……有一天……从山上下来,和我讨论她不是破鞋的问题……她要讨论的事是这样的:虽然所有的人都说她是一个破鞋,但她以为自己不是的。因为破鞋偷汉,而她没有偷过汉。虽然她丈夫已经住了一年监狱,但她没有偷过汉。在此之前也未偷过汉。所以她简直不明白,人们为什么要说她是破鞋。如果我要安慰她,并不困难。我可以从逻辑上证明她不是破鞋。如果陈清扬是破鞋,即陈清扬偷汉,则起码有一个某人为其所偷,如今不能指出某人,所以陈清扬偷汉不能成立。但是我偏说,陈清扬就是破鞋,而且这一点毋庸置疑。"直白,粗鲁,却又饶舌,学者范儿,貌似"文革"期间小流氓泡妞的故事,却不能一目十行一泻千里地看完。相反,它既硬实又跳跃,既好笑又悲伤,既费脑子又费心,一会儿都疏忽不得。我习惯了中国当代小说是一股气体，至少是液体，读起来顺顺溜溜毫不费劲，到得结尾处，发一声"人生不过如此"的轻轻叹息，作罢。同样是现代汉语，怎么此人的小说却忽然有了瘦骨嶙峋的梁架呢？从梁架踩上去，看到的风景不是三姑六婆张长李短，而是一个我以为纯文学"不该关心"的范畴——政治、社会、文化荒诞可笑而又害人不浅的疾病。但他分明没说它们。他只是写了几个阴阳怪气的人物。但我分明看到了这一切。他关心的主题过时了吧？或者说，在未来更加完善的社会里，这些主题必定会过时吧？我暗想。纯文学要想避免过时的不幸，就该写普遍的人性啊。我琢磨。普遍的人性是什么呢？三姑六婆张长李短啊，那才是民间社会永恒的主题哦。我的"中国当代纯文学"常识告诉我。

但是，读完这本小说集，关于小说的好坏，我已有了另外的看法。非常奇怪，外国小说没给过我这么强的刺激。是他的小说让我明白了：一个从精神到技巧都已成熟且个性独异的作家，在处理中国题材时可以做得多么有趣，多么刻骨。因此，当我研究生毕业，走进供职的文学杂志社那神秘昏黑的半地下室时，是自以为怀揣珍宝而来的——看吧，我会给你们带来从未见过的牛×作者，牛×小说，你们会因为他的到来，对这个新来的小编辑刮目相看的！

对我来说，那是一段把编辑工作当事业的时期。那家

132

杂志1980年代是新派文学重镇，由于历史原因，1990年急转直下，更像是延续"十七年"社会主义现实主义文学风格的据点。1996年我去时，执行主编刚刚上任，也正是她拍板留下我这个毕业生的。她试图让这本杂志从刻板形象里走出来，鼓励每个编辑去挖最好的作者最好的作品，不设限制。我于是打了鸡血似的先给王小波写了封信："王老师：我可能要从您的作品爱好者升格为文学责编了。我已到《北京文学》当编辑。把最好的小说留给我吧！"

之后给他打了个电话：您手头有无存货？他不紧不慢地答曰：有一堆压箱底的，你有时间过来拿吧。1996年还没有普遍的互联网，写信靠寄，编辑取稿要去作者家——假如着急的话。

1996年8月，我开始工作后对他的第一次拜访，地点是在西单老教育部大院一座筒子楼一楼的一间宿舍。这是他母亲的房子。那时他和妻子李银河住在西三环外岭南路的一套单元房里，他为了照顾母亲，在西单和岭南路之间两边跑。我走进筒子楼的走廊时，他正在房门口的煤气灶前烧水，头发乱蓬蓬的，抬头看到我，嘴巴一张，一咧："请进。"

屋子很暗，计有一桌一椅一床一书柜，一台针式打印机。他请我坐下，略略闲聊了几句。他刚看完港台版的卡尔维诺《未来千年文学备忘录》（内地1997年由辽宁教育出版社出第一版），对其中的"轻逸"和"繁复"之说深有体会,至于小说"迅速""确切"和"易见"的特质,他也心有戚戚:"卡尔维诺的意思是:这五种品质应该同时存在于一部小说中,而不是单独分散在不同的小说里。"我问他觉得自己的小说达标程度怎么样?他说:写了几部长篇,有的实验性太强,好像有点"繁复"过头了,试过几家杂志社和出版社,都不接受;还有的被认为思想有问题,"有一编辑说我在小说里搞影射,还猜出了在影射谁,我有那么无聊吗?"他无奈地苦笑。我说能把"思想有问题"的小说给我看看吗?我怎么专好这一口儿呢?他给逗乐了:"行,你拿去看看,发不发都没关系,长篇哈,光这篇幅你们那儿就够呛。"我说先看看吧,万一头儿也喜欢,开个特例也说不定。

房间里响起针式打印机的"吱吱"声,灰黑色的字一行行从针孔下流出,打印纸连绵不绝地翻转,长得像折叠的哈达。声音停止时,他把那厚厚的一摞从纸页折叠处轻轻撕下,交到我手里。低头一瞧,扉页上写着,"红拂夜奔"。

我拿回家就看,边看边怪笑不止,急得我先生在一旁百爪挠心,坐立不安。他是我文学趣味的同谋,只要他在某处发现了王二的文章,必给我通风报信,或是念给我听。这回是我看完一章,就给他一章,他那边也传染病似的笑将起来。话说李卫公发明了开平方根机,却没人买他的专利,最后只好卖给皇帝老儿用来打仗杀人。战场上，该机器摇出来的全是无理数，谁都不知道怎么躲。兵士们有的死在根号2下，有的死在根号3下，无不脑浆迸流……整部小说天马行空，怪谈密布，一会儿笑得我岔气，一会儿又抑郁得窒息，真不知那些怪诞的场景是怎么被他想出来的。看完，我兴奋得在家里拍桌子打板凳：《红拂夜奔》必须发出来！必须！要是这样的作品都不能发表，那要杂志社出版社干吗？就为了发那些偷情过日子钩心斗角的无聊故事吗？不可以，不可以！我那二十五岁的头脑充满想当然的真理，并且想不出它们有何理由不变成现实。

上班后，先给我更加热爱的作家打了个电话，赤裸裸地表达了对《红拂夜奔》的膜拜之情，电话那边是一阵害羞而开怀的沉默；然后写了张热情澎湃的稿签，把小说提交上去，静等领导回音。过了月余，执行主编叫我去她的办公室。一摞厚厚的稿子放在我面前，上边别着稿签。我心凉了半截。"《红拂夜奔》非常精彩。"她说。我一块石头落了地。"可是，太长了。咱们是月刊，没法发长篇，你能不能请作者压缩一下？""压缩到多长？""三万多字吧。"十八万字的原著，压缩到三万字……也就是个梗概。但总比不发好。终审说能发三万多字，那起码这三万多字的发表是有保障的。"好的，我跟作者商量一下。"

我给他打了个吞吞吐吐的电话：您的《红拂夜奔》，那什么，别的杂志可能会用吗？他慢悠悠道：这稿周游各大杂志一两年了，怎么会忽然就能用了呢，你那也没戏了吧？我：也不是全没戏，有……六分之一戏吧。他：怎讲？我：头儿说，我们这儿只能发它六分之一那么长啊。他：三万字？我：嗯，三万多字，您，您能压缩到这么长吗？我等着他发出冷嘲，但是没有。他顿了片刻，声音低沉得像是发自腹腔："我试试吧。"

两周后，我从他那里拿到了压缩版。拿掉了王二那条现实线，反复回旋的交响乐一样的结构不见了，成了一个李靖红拂的精悍故事，依然很逗，寓意犹在。我赶紧提交上去，等待刊发的好消息。而他的原稿被我贪污，传给一个在人民大学读研的朋友。他读完，声称"三月不知肉味"，又给同宿舍的哥们传看，一时间在那个小范围内，"无人不谈王小波"。我把这个消息反馈给他，看得出他很开心。这就是他逝世后图书宣传语上"他的作品以手稿的形式在高校里流传"的由来。

又过了两周，主编把我叫到她的办公室，又一摞稿子放在我面前，是那个压缩版。我的心揪了起来。她面带无奈的愠色，说刚开完会回来，挨了严厉的批——因为××的小说里讲了个关于牙签和避孕套的黄色笑话，便斥本刊为格调低下，警告以后发表的小说里不许再有"黄色"内容，更不许有"挑衅性"的思想倾向。"不许，是怎么个不许呢？"我暗忖。1999年5月，我知道了什么叫"不许"，也知道了执行主编若不妥协，更将无所作为，这本杂志也将重回1990年的模样。但这是后话了。1996年11月的那个下午，我只期待主编的冒险。但她说道："这个《红拂夜奔》，没有性是不能成立的，没有挑衅性的思想，更是不能成立的，所以……"她求助似的望着我，我望着半地下室的窗外。地面上行人的小腿匆匆摆动，随地吐痰之声此起彼伏。我感到胸闷。

"假如发了，会怎样呢？"我绝望地不知趣起来。

"发了，就是'顶风作案'呗。以后的限制会更多，直到变回60年代的杂志为止。"她看我的眼神，让我觉得她不是领导，而是我的同命鸟。在以后的岁月里，这个永远带着女孩神情的美丽女人，一直与我保持着亦师亦友的关系。她让我明白何谓"韧"，何谓"妥协"，何谓不能"妥协"的"底线"。如果你不让我发表自己主张和喜欢的东西，那么我也不发表我毕生反对的东西——这就是底线。1996年11月，两个在底线边缘挣扎的文学编辑，默默地合伙宣判《红拂夜奔》压缩版在本刊物的死刑。

"那么，作者是白费力气了。"这个念头让我虚脱。我该怎么面对我心爱的作家？在我的蛊惑下，他花了两周时间肢解自己的心血之作。他在肢解的时候一定狠狠诅咒过自己——如此迁就，无非为了发表。发表是为了什么呢？在他逝后，我读到他的一段话："人在写作时，总是孤身一人。作品实际上是个人的独白，是一些发出的信。我觉得自己太缺少与人交流的机会——我相信，这是写严肃文学的人共同的体会。但是这个世界上除了有自己，还有别人；除了身边的人，还有整个人类。写作的意义，就在于与人交流。因为这个缘故，我一直在写。"也因为这个缘故，他听从了一个初出茅庐的小编辑的指手画脚，在本该创作的时日，删削自己天才的作品——为了它能被读到，为了天涯海角的心有灵犀者能与他相视莫逆，如见另一个自己。那时他压在箱底的作品太多了：《红拂夜奔》《万寿寺》《似水柔情》《东宫·西宫》……每一部都巧思密布，心血用尽，每一部都发不出来。

我又去了他家，说是取稿。在等待《红拂夜奔》回音的日子里，我跟他约了个短篇，参加本杂志的"短篇小说公开赛"。约稿时我像根老油条似的提醒他："求您，这回写篇老实点的、俺们能发的吧！"到了他家，他把《夜里两点钟》打印出来给我看。看完，我不留神叹了口气。唉，一个作家在自由状态和"警告状态"下的写作，竟会有这么大的不同！可能怪谁呢？是我要他写"老实的""能发的"作品呀。而他是为了帮我的忙，才答应下来的。

"这种有损尊严的东西，我以后再也不写了。写多了就成没滋没味的人了。"敏感的他看了我一眼，说道。"最近杂文也得收着写，这不能说那不能提的，有几个朋友看了几篇，都说不如以前有意思了。以后我宁可写有滋有味发不出来的东西，也不写自我约束得不成样子的文章了。

本来你是个挺有滋有味的人，却让朋友觉得你这人没滋没味的，那干嘛呀。"啊，时隔六七年，我还能记得他这些话。"有滋有味"这四个字一直嵌在我的脑子里。

"不管怎样，这篇是铁定能发的，"我说，"不过，《红拂夜奔》……"

"还是发不了。"

"嗯。"我低下头去，"杂志刚挨了批，因为牙签和避孕套什么的……"我大体说了几句。

他咧嘴笑了起来，是感到了极大的荒诞的那种笑。

"真是很抱歉，让您浪费那么多时间……"

"没什么的。"他说。神情淡然。

此后，他陆续给我看他发不出来的作品。抱着微茫的希望，我隔段时间就向编辑部提交一部，计有：中篇小说《似水柔情》，舞台剧本《东宫·西宫》，长篇小说《万寿寺》的部分章节。除了《万寿寺》的第七章被同意留用，其余都被退了回来。同性恋题材是不能在文学期刊上发表的。《万寿寺》的文体实验太极端了。嗯，不过第七章挺有诗意，作为对作者的鼓励，留下吧。

1997年4月11日，王小波离开了这个世界。《万寿寺》第七章作为本刊"王小波纪念小辑"的一部分，得以发表。"时代三部曲"在5月13日他的四十五岁生日那天，举行了首发式。我把书拿回家，先读《白银时代》。这是一个作家在"写作公司"里的故事："将近中午时，我去见我的头头，呈上那些被我枪毙过的手稿。打印纸上那些红色的笔迹证明我没有辜负公司给我的薪水——这可是个很大的尸堆！那些笔道就如红色的细流在尸堆上流着。我手下的那些男职员们反剪着双手俯卧在地下，扭着脖子，就如宰好的鸡；女职员倒在他们身上。我室最美丽的花朵仰卧在别人身上，小脸上甚是安详——她虽然身轻如燕，但上身的曲线像她的叙事才能一样出色……她们在我的火力下很性感地倒地，可惜你看不到。我枪毙他们的理由是故事不真实——没有生活依据。"这真是个熟悉的场景，他的作品就是这样在我的笔下中枪倒地。是的，连理由都一样："故事不真实——没有生活依据。"你知道，他习惯了说反话。

2003年1月

从《红拂夜奔》到《秦国喜剧》

在座的各位可能都知道《红拂夜奔》,这是王小波的一部了不起的长篇小说,他也有一部同名的中篇小说,写在这部长篇之前。《秦国喜剧》是个什么鬼?这是我在不久前刚刚发表的一部话剧剧本。把它放在王小波的这部旷世巨著后面,没有相提并论的意思,我只是想跟各位分享一个经验——关于王小波开启了一条怎样的写作道路,而这条道路又如何影响了后来的写作者,比如我——这样的一个经验。

1

先说说我是怎么结识王小波的。如果不结识他这个人，可能我不会成为这样的一个"王小波主义者"——哈，请用一点幽默感来理解这个词。

初读王小波，是在1994年，当时我正在北师大读研究生，是个紧张抑郁、特想寻求意义归宿的"90年代青年"。有一天翻《东方》杂志，发现有个作者跟北宋的农民起义领袖王小波重名，就好奇地看了下，这一看，就放不下了，有一种——怎么说呢，这个说法有点可笑，但就是这样的——有一种醍醐灌顶、找到了"精神导师"的感觉。那篇文章题目叫《中国知识分子该不该放弃中古遗风》，读到这段话我就开始大笑不止："现代中国的知识分子，相比之下中古的遗风多些，首先表现在受约束上。试举一例，有一位柯老说过，知识分子两大特征，一是懒，二是贱……三天不打，尾巴就翘到天上去了。他老人家显出了学官的嘴脸。前几天我在电视剧《针眼儿胡同》里听见一位派出所所长也说了类似的话，此后我一直等待正式道歉，还没等到。"那种假作正经、出人意料的幽默，清明质朴、思维奇巧的风格，勇敢担当、戏弄威权的顽皮——那种从其他作家和学者那儿很难看到的自由、成熟而又强健的人格，从这篇随手写出的杂文里不经意地散发出来，吸引了我——一个二十出头就活得不耐烦的年轻人。那时我的性格抑郁内向得吓人,却产生了一个更吓人的念头:无论如何,我要认识这位王小波。好像我的"得救",我能否摆脱那种无休无止的灰暗抑郁,完全取决于是否认识他一样。

1995年,我到一家报社实习,终于找到了一个同时采访王小波和李银河老师的机会。李银河老师身材小巧快言快语,王小波老师身材高大低调害羞。当时有一场声势浩大的"人文精神"大讨论,我问王老师的看法,他说:"我喜欢追求真理,因为真理最终是简单、有趣而且新奇的。有些人把又复杂又呆板的道德教条叫作真理,我不能同意。"明确表示对这场讨论泛道德化倾向的不以为然。应我的强烈要求,他从书柜底层扒出了一本自己的小说集《黄金时代》签名赠我,说:"小说写得不够好。我老师许倬云批评我,还得炼字。"

第二次采访他,是专门请他谈谈自己的经历和写作经验。他只用几分钟就谈完了自己,看我期待没能满足的神情,他说:"我的大半生经验用不了一个上午就能讲完。我不大会讲这些。"后来聊起我们都喜欢的莎士比亚和卡尔维诺时,他的话才像滔滔江水一样。他说:"他们的作品才是人类智慧的结晶,是让我感到人世无限美好的东西。作家的责任,就是创造出这样的东西来,别的都不值一提。"他的文字自由不羁个性张扬,他的人却心怀敬畏毫不自恋,跟如今只要一开口就满怀崇敬地"我我我"的精英们迥然不同。

研究生毕业后，我到一家文学杂志当编辑，于是我从王小波的铁杆粉丝，"升格"为他的文学责编——偶尔电话，约稿，取稿，聊天，读他还没发表的作品，看看哪些能在我的杂志上发。他给我的第一部作品，就是长篇小说《红拂夜奔》——可能我是为数不多的读到《红拂夜奔》打印稿的人吧。读完，我感到一个文学编辑的意义，就在于能把这样天才的作品从自己的手中发表出来。

但我终于没能成为这样的编辑。因为90年代文学期刊的种种发表限制，更因为我所在杂志的限制格外严格，我曾请王小波两次压缩这部作品，最终还是没能发表它。它的删节本，是在《小说界》杂志发表的。我和王小波见的最后一面，就是1997年4月2日，去他那儿取走刊登《红拂夜奔》的杂志。

当他去世后，每想到我曾那样浪费过一位天才作家的时间和心力，让他亲手肢解自己心爱的作品，我就感到无法挽回的歉疚。后来，我也开始了自己的批评和创作，我也程度不同地经受了他曾经历的。于是，这件事在我的心中，慢慢成为一个寓言——一个关于创造力和幽默感在我们历史中的独特境遇的寓言。

这种歉疚，这个寓言，在我心里积压了十多年的时间，一直在寻找表达的方式。当我写完话剧《大先生》的时候，我想：好了，我会写戏了，这就是我的表达方式了，我可以把那个压迫我十多年的寓言，用话剧讲述出来。这部话剧，就是《秦国喜剧》。

2

《秦国喜剧》是个怎样的故事呢？它讲的是战国末年的秦国咸阳，有一部喜剧家喻户晓，一票难求。它是这么火爆，以致惊动了法家思想家、秦王的红人、客卿韩非。他把这部戏调进秦宫，请秦王嬴政和大臣李斯一同观赏。于是戏班班主和他的弟子们，跟秦王和他的权臣们之间，发生了一连串的故事……

你们一听就知道，这是个胡扯的故事。战国末年中国的戏剧并没成形，秦王嬴政和韩非、李斯也没地儿去看这么一出子虚乌有的戏。他们更不会这么说话：

  韩非 同一个故事，有人听了会笑，有人听了会哭，有人听了犯困，有人听了想杀人……端看听众是什么人，他站在什么位置上。

  墨离 接受美学。这门课你当年可没我成绩好。

  韩非 不，是接受政治学。在我的倡导下，秦国已不存在美学而只有政治学了，这你都不知道？

  墨离 不知道。久不在学术圈，我可真是落伍了。

这种以今拟古、古今对话的写法，在鲁迅小说集《故事新编》、迪伦马特的话剧《罗慕路斯大帝》里已经存在过，王小波的长篇小说《寻找无双》《红拂夜奔》和《万寿寺》则把它们发挥到了极致，我的《秦国喜剧》可以说是这条脉络上的一个作品。

我要招认这部戏中来自王小波的部分。剧中火遍咸阳城的那部喜剧，那个戏中戏，它的灵感来自王小波《红拂夜奔》里的"菜人"。小说里写道："隋炀帝在位时，常在洛阳城外招募菜人，应募者可以从城外搬到城里住些日子，有吃有喝有房子住。等到他养得肥胖，皇帝大宴各国使节时，就给他脑后一棒，把他打晕，然后剥去衣服，洗得干干净净，在身上抹上番茄酱，端上桌去招待食人生番。"这个形象，在《秦国喜剧》中被发展为一个象征——一个男人为了自己的老婆孩子能享受人上人的物质生活，报名成为菜人，供国王享用。侠客要解救他，却被他痛恨和拒绝——他和吃他的国王才是一条心呢。这个戏中戏确立，整部戏才有了着落。

这属于细枝末节。在大的方向上，王小波给我的启示是：有一种想象力，不是由具体的生命经验驱动的，而是由抽象的思想本身驱动的。这里所谓的思想，不是现成的哲学表述，而是作家对自我、时代、世界以及自身文化传统的独特的、整体性的回应。这种回应不是结论，而是无解的困惑，它驱动作家的想象力去建造一个象征的世界，并衍生其中的人物和故事——这种人物和故事摆脱了自然形态，而更带有变形的"人造"色彩，但其中流淌的情感却是丰沛自然的。这是一种杂糅的后现代写作手法，但支撑它的却是关怀个人价值与自由的现代人文主义思想。这一写作道路，是王小波回应现实和历史作出的选择，它给了我受用终生的启发。

一个作者亲口招认自己的文学渊源，是一件有损他／她虚荣心的事，也可能是给自己脸上贴金的事。无论你们怎么看，我都愿意像王小波在《我的师承》里那样，坦言自己的师承——我的第一位文学老师，就是他。这并不意味着要照搬他的手法，复制他的思想。不。有句老话："学我者生，似我者死"——它揭示了前辈道路的启示性与创作者自身的原创性之间，并行不悖的关系。作家最终要成为他自己，但他需要诚实面对自己的来路和源泉。

因此，我感谢自由作家王小波。感谢他的写作，开启了我精神的天空与道路。

（此文为《三联生活周刊》LIFE+演讲稿）

2017年3月30日

后记

想要给王小波写一本书的念头,从他逝世的1997年就有了,拖到2022年,貌似实现了这个心愿,其实并未。想象中的那本书,充满穷根究底而来的生动细节和缤纷谜底;眼前这本小册,则是在岁月的沉淀中被动形成的,是命运对一个人行动力与觉知力的判决。我曾为此深感沮丧。但写完《海绵记》后,忽然明白,那本书没能写成是有原因的,或许也是最好的安排:我并未获得站在作家王小波之外、之上来打量他的灵性视点,并未完成画一幅灵魂肖像须有的精神准备。若"知其不可为而为之",恐怕错得更远。

但关于王小波,终究想有一本自己的书——不只因为他对我影响至深，更由于在这个愈来愈少提起他的时代，我反倒愈发想要提起他。但也只是"想"而已。实现这个愿望，编成这本小册，却是由于王家胜先生的灵感。他翻了一遍整套书稿，建议道：把关于王小波的文章单独成册吧。事就这样成了。

这些文字写于1995年到2022年，大体内容如下：

《海绵记》《王小波退稿记》《"真理本身也许就很有趣"》源自我对作家王小波的接触与回忆；

《关于王小波的否定之否定》总括地谈他的小说，《反对哲人王》总括地谈他的杂文，《王小波与柯希莫男爵》《王小波：智慧的诗学》《有关"王小波的科学精神"》《王小波的遗产》《怎样看待王小波的遗产》《王小波与纪念日》诸篇，是不同时间里，对他不同侧面的诗学伦理的看法；

《遥寄一位沉默的说话者》《"文坛中人"对王小波的一般看法》勾勒学界与文坛对他的不同评价；

《从〈红拂夜奔〉到〈秦国喜剧〉》，显示他的写作对我个人的影响。

王小波不是完美而广阔的作家，但却有力而不朽。他给中国文学带来了解放性的笑声。这本小书，略略表达我对他文学遗产的感激之情。

李静

2022年6月26日

《我害怕生活》总后记

这套集子,缘于友人罗丹妮和王家胜的美意。对待文字,丹妮是一团火,随时感应,随时欢欣、席卷、拥抱或疏离。家胜则如磐石,沉稳地施行他的眼光和主见。两位目光如炬的编辑说要给我出"文集",着实令我深感惶恐——作为写作者的我尚在形成之中,远未到以此种形式论定和总结的时候。但丹妮安慰道:表示"总结"的文集很多,可表示"开始"的文集很少,咱们做一套吧。此语卸下了我的重担,却是编辑者冒险的开始。感谢他们二人为此书付出的智慧、勇气与劳作。感谢李政坷先生的精心设计——文集名和各分册封面的书名,皆由他以刻刀木刻而成，这实在是创作激情所驱动的书籍设计。感谢止庵先生关键时刻的热诚赐教。感谢陈凌云先生和吴琦先生的大力支持，以及单读编辑部的赵芳、节晓宇的辛勤工作。也感谢上海文艺出版社的同仁们。此书即将付梓之际，深念往昔一些编辑家师友在写作路途中的激励与成全，亦在此致谢，他们是：章德宁，林贤治，孙郁，林建法，徐晓，王雁翎，张燕玲，沈小兰，尚红科，陈卓。

感谢家人，以及所有扶助过我的师友。

感谢读者，恳请你们的批评指正。

李静

2022年8月9日，于北京

图书在版编目（CIP）数据

王小波的遗产 / 李静著. -- 上海：上海文艺出版社，2024. -- （我害怕生活）. -- ISBN 978-7-5321-9119-2

Ⅰ. I217.2

中国国家版本馆CIP数据核字第2024FW7869号

发 行 人：毕　胜
责任编辑：肖海鸥　叶梦瑶
特约编辑：赵　芳　王家胜　罗丹妮
装帧设计：李政坷
内文制作：李俊红　李政坷

书　　名	王小波的遗产
作　　者	李静
出　　版	上海世纪出版集团　上海文艺出版社
地　　址	上海市闵行区号景路159弄A座2楼 201101
发　　行	上海文艺出版社发行中心 上海市闵行区号景路159弄A座2楼206室 201101　www.ewen.co
印　　刷	苏州市越洋印刷有限公司
开　　本	1240×890　1/32
印　　张	5.125
插　　页	3
字　　数	90,000
印　　次	2024年12月第1版 2024年12月第1次印刷
ＩＳＢＮ	978-7-5321-9119-2/I.7169
定　　价	48.00元

告 读 者：如发现本书有质量问题请与印刷厂质量科联系　T:0512-68180628